Klarant Verlag

Die gebürtige Ostfriesin **Sina Jorritsma** aus der Krummhörn studierte in Hamburg Germanistik und Philosophie, bevor sie wieder in ihre Heimat zurückkehrte. Sie veröffentlicht unter Pseudonym, weil sie ihre Umgebung genau beobachtet und Ereignisse aus ihrem Leben in ihre Geschichten einfließen. Das Romaneschreiben ist ihr kleines Geheimnis, das nur wenige Menschen kennen. Bei einer großen Kanne Ostfriesentee mit Sahne und Kluntjes kann sie halbe Nächte durchschreiben, tagsüber hält sie sich mit Joggen fit. Sina Jorritsma lebt mit ihrer Familie in einem kleinen Ort bei Emden.

Sina Jorritsma

Juister Lüge

Ostfrieslandkrimi

Klarant Verlag

Copyright © 2020 Klarant GmbH, 28355 Bremen
Klarant Verlag, www.klarant.de – www.ostfrieslandkrimi.de
ISBN: 978-3-96586-217-3
1. Auflage 2020
Umschlagabbildung: Klarant Verlag

Kapitel 1

Kommissarin Antje Fedder wäre lieber am Strand gewesen, als Bürodienst zu schieben. Zu den Vorzügen ihrer Arbeit als Inselpolizistin auf Juist gehörte der häufige Aufenthalt an der frischen Luft. Als tief verwurzelte Einheimische wollte sie an gar keinem anderen Ort auf der Welt leben. Außer während der Ausbildungszeit und einem alptraumhaften Großstadteinsatz unmittelbar danach war sie dem »Töwerland« immer treu geblieben.

Momentan saß Antje an ihrem Schreibtisch in der kleinen Inselwache. Sie musste noch ein paar Protokolle tippen, dann konnte sie endlich nach draußen gehen und sich den Sommerwind um die Nase wehen lassen. Die Kommissarin hielt engen Kontakt zu den Bewohnern und Besuchern des Eilands. Bei jeder Streife durch den Ort gab es den einen oder anderen »Klönschnack«. Das war ihrer Meinung nach die beste Art der Verbrechensvorbeugung – zu erkennen, wo den Menschen der Schuh drückte.

Die Tür wurde aufgestoßen. Antje blickte auf. Sie rechnete damit, Roland Witte eintreten zu sehen. Er war dienstlich ihr Kollege und privat ihr Freund. Die Kommissarin wunderte sich darüber, dass sein Termin mit der Bürgermeisterin so schnell beendet wurde. Doch es war nicht Roland, der nun zögernd das Wachlokal betrat.

Antje hatte die junge Frau, die im Eingangsbereich verharrte, noch nie zuvor gesehen. Das musste nichts bedeuten, denn auf einer so beliebten Ferieninsel waren die Touristen gegenüber den Einheimischen stets in der Überzahl. Die Kommissarin kannte praktisch alle gebürtigen Juister beim Namen, und auch die Saisonkräfte in Hotels und Lokalen waren ihr spätestens nach ein paar Wochen vertraut. Bei Urlaubern, die nur eine oder zwei

Wochen auf der Insel blieben, sah die Sache schon anders aus.

Antje schätzte die Besucherin auf Ende zwanzig oder Anfang dreißig. Sie trug knielange Jeans-Shorts, ein ärmelloses T-Shirt sowie Flipflops. Ihr blondes, schulterlanges Haar war nur unwesentlich dunkler als das der Kommissarin.

»Störe ich?«, fragte die Fremde. Ihre ganze Körpersprache drückte Unsicherheit und Zurückhaltung aus. Sie drückte ihre Knie gegeneinander, die Schultern waren hochgezogen, und sie vermied den Augenkontakt mit der Inselpolizistin. Antje erhob sich von ihrem Stuhl und machte eine einladende Geste.

»Nein, treten Sie doch bitte näher. Möchten Sie Platz nehmen?«

Antje deutete auf ihren Besucherstuhl. Die junge Frau zögerte kurz, kam dann auf die Kommissarin zu. Sie setzte sich so vorsichtig auf das Möbelstück, als ob sie befürchtete, dass es unter ihr zusammenbräche.

»Wie lautet Ihr Name?«, forschte die Inselpolizistin.

»Lotta Dolke.«

Frau Dolke hatte grüne Augen, deren Blick unruhig wirkte. Die Besucherin schaute nur einen Moment lang Antje ins Gesicht, dann starrte sie Richtung Fenster. Ob sie befürchtete, dass jemand sie verfolgte und irgendwo an der Carl-Stegmann-Straße lauerte? Im nächsten Moment senkte die Frau den Kopf und packte die Handtasche auf ihrem Schoß fester. So, als würde sie befürchten, dass Antje ihr die Tasche entreißen könnte. Der Kommissarin fiel ein altmodisch wirkender Siegelring auf, den sie am linken Ringfinger trug. Er passte nicht so richtig zu ihrem modischen Outfit.

Antje kam direkt zur Sache.

»Ich bin Kommissarin Fedder. Was kann ich für Sie tun?«

Die junge Frau atmete tief durch und antwortete: »Ich glaube, dass ich jemanden anzeigen möchte.«

Die Kommissarin runzelte die Stirn und hakte nach.

»Also geht es um eine strafbare Handlung?«

Lotta Dolke nickte. Sie biss die Zähne so stark aufeinander, dass die Wangenmuskulatur hervortrat.

»Könnten Sie etwas genauer werden?«, bat Antje.

»Ich spreche von einer Lüge.«

»Es verstößt nicht unbedingt gegen Gesetze, die Unwahrheit zu sagen«, erklärte die Inselpolizistin. Für sie stand fest, dass ihre Besucherin unter großem innerem Druck stand. Allerdings wusste Antje noch nicht, ob die Polizei ihr überhaupt helfen konnte.

»Also ist es in Ordnung, wenn man lügt?«, fragte Lotta Dolke. Die Kommissarin schüttelte den Kopf.

»Es kommt auf die Umstände an.«

»Wie meinen Sie das, Frau Fedder?«

»Wenn jemand beispielsweise lügt, um einen Kriminellen zu schützen, begeht er eine Straftat. Man nennt das Beihilfe. Aber wenn Ihr Freund behauptet, beim Sport gewesen zu sein, und sich stattdessen mit einer anderen Frau getroffen hat, dann ist das zwar verwerflich – doch gegen ein Gesetz verstößt er damit nicht.«

»Ich habe aber gar keinen Freund, jedenfalls nicht mehr«, erwiderte die Besucherin. Antje hätte am liebsten mit den Augen gerollt, beherrschte sich aber. Lotta Dolke ging ihr bereits jetzt auf die Nerven.

»Das war ja auch nur ein Beispiel. – Was ist denn geschehen?«

»Noch ist gar nichts passiert, Frau Fedder – aber ich fürchte Schlimmes.«

»Weshalb genau sind Sie denn hierher gekommen?«, fragte die Kommissarin mit erzwungener Ruhe.

»Wegen einer Lüge.«

»Solange Sie so vage bleiben, werde ich nichts für Sie tun können.«

Antje hatte diesen Satz nur von sich gegeben, um Lotta Dolke aus der Reserve zu locken. Auf dem Gesicht der Besucherin verschwand der ängstliche Ausdruck. Stattdessen wirkte sie nun enttäuscht. Jedenfalls kam es der Inselpolizistin so vor. Die junge Frau sprang auf.

»Es war ein Fehler, hierher zu kommen! Vergessen Sie bitte einfach, was ich gesagt habe!«

»Ich muss die Fakten kennen, bevor ich etwas unternehmen kann«, versuchte Antje zu erklären. Aber Lotta Dolke verließ bereits fluchtartig die Polizeistation. An der Tür wäre sie beinahe mit Roland Witte zusammengestoßen, der im letzten Moment ausweichen konnte. Der dunkelhaarige Kommissar schaute der Besucherin kopfschüttelnd nach.

»Was ist denn mit dem scheuen Reh los, Antje?«

»Frag mich etwas Leichteres«, gab die Inselpolizistin seufzend zurück. Dann berichtete sie von ihrem kurzen Gespräch mit der Frau. Roland setzte sich an seinen Schreibtisch, der dem seiner Kollegin gegenüberstand.

»Für mich hört es sich so an, als ob diese Frau Dolke zu lange in der prallen Sonne gewesen wäre«, mutmaßte er. »Unser schönes Juister Wetter bekommt eben nicht jedem.«

»Ja, sie machte einen verwirrten Eindruck«, murmelte Antje. »Dennoch könnte sie ernsthaft in Gefahr schweben.«

»Ich sehe keinen Grund für polizeiliches Eingreifen«, erwiderte Roland. »Vor allem heute nicht, wo wir uns über Mangel an Beschäftigung nicht beklagen können.«

Die Kommissarin wusste, dass ihr Kollege im Grunde recht hatte. Gewiss, die Besucherin hatte durcheinander und auch verängstigt gewirkt. Doch äußere Verletzungen oder andere verdächtige Anhaltspunkte hatte Antje bei ihr nicht feststellen können. Die Inselpolizistin hatte auch einen Blick durchs Fenster nach draußen geworfen. Womöglich gab es jemanden, der Lotta Dolke nachstellte.

Aber die Straße war leer.

Am Abend sollte auf Juist ein großes Strandfest stattfinden, und diese Veranstaltung würde die beiden Ordnungshüter wirklich in Atem halten. Zwar rechnete Antje nicht mit Ärger auf der friedlichen Urlaubsinsel, trotzdem mussten sie und Roland auf alles vorbereitet sein.

»Wie verlief denn dein Gespräch mit unserer verehrten Bürgermeisterin?«, wollte sie wissen. Der Kommissar grinste.

»Wenn Silke Meester sich selbst weiter so verrückt macht, wird sie noch vor Anbruch der Abenddämmerung einen Nervenzusammenbruch erleiden. Es ist ja nicht so, dass diese Veranstaltung noch nie zuvor stattgefunden hätte …«

»Genau genommen richtet die Gemeinde jedes Jahr im August das Strandfest aus«, stellte Antje klar.

»Richtig, und wir haben keine Hinweise auf anreisende Krawallmacher. Frau Meester befürchtet trotzdem, dass es Ärger geben könnte. Ich hoffe, dass die Anreise unserer Verstärkung vom Festland sie einigermaßen beruhigen wird.«

Die Kommissarin nickte. Auf Drängen der Bürgermeisterin hatten die Inselpolizisten sich dazu überreden lassen, zwei zusätzliche Kollegen für die Dauer des Strandfestes anzufordern. Nach Antjes Meinung war diese Vorsichtsmaßnahme unnötig. Vor einigen Jahren hatte sie noch ganz allein bei der Veranstaltung für Ruhe und Ordnung gesorgt. Aber damals war der alte Paulsen Bürgermeister gewesen, der nicht zu Panikreaktionen neigte.

Antje warf einen Blick auf die Uhr.

»Wir sollten allmählich Richtung Fähre aufbrechen, schließlich müssen wir den Kollegen noch ihr Quartier zuweisen«, sagte sie. Die Kommissarin stand auf, griff nach ihrer Dienstmütze und verließ die Polizeistation. Roland folgte ihr.

»Weißt du, was ich schade finde?«, fragte er.

»Lass hören.«

»Ich würde gern mal mit dir auf das Strandfest gehen«, gestand der Kommissar.

Antje lächelte und blinzelte ihm zu.

»Aber du wirst doch die ganze Zeit lang an meiner Seite sein, bis die letzten Gäste den Weg in ihre Hotelbetten gefunden haben.«

»Ja, aber das meine ich nicht. Wir sind bei der Veranstaltung in Uniform und müssen arbeiten. Ich würde mich lieber mit dir gemeinsam amüsieren.«

»Ach, wirklich?« Sie lachte. »Dann werden wir wohl andere Wege finden müssen, wie wir gemeinsam unseren Spaß haben können.«

Rolands Gesichtsausdruck bewies ihr, dass er sie jetzt gern geküsst hätte. Doch er hielt sich zurück. Die beiden hatten vereinbart, dass sie während der Dienstzeit keine Zärtlichkeiten austauschen wollten. Und daran hielten sie sich, wenn es Antje auch manchmal genauso schwerfiel wie ihrem Freund.

»Unser Privatvergnügen wird noch warten müssen«, meinte der Kommissar mit großem Bedauern in der Stimme. »Wenigstens waren bei Tatje noch zwei Zimmer frei, andernfalls hätten die Kollegen mit Schlafsäcken in der Dienststelle nächtigen dürfen.«

Roland wohnte selbst in der gemütlichen Frühstückspension der rüstigen Juisterin Tatje Olsen. Seit aus ihm und Antje ein Liebespaar geworden war, hätte er theoretisch auch zu ihr in die Dienstwohnung ziehen können, die sich im Obergeschoss der Polizeistation befand. Doch diesen Schritt wollte keiner von ihnen gehen, jedenfalls noch nicht.

Am Fährhafen warteten bereits einige abreisende Touristen auf das weiße Schiff aus Richtung Norddeich. Antje ertappte sich dabei, dass sie nach Lotta Dolke Ausschau hielt. Die Kommissarin hatte nicht gesehen, in welche Richtung die junge Frau verschwunden war. Roland hatte recht, den Worten der Besucherin hatte man keinen Hinweis auf ein Verbrechen entnehmen können. Dennoch wollte Antje gern noch einmal mit Lotta Dolke reden. Doch zumindest hier am Fährhafen war sie nirgendwo zu finden. Da jeder Juist-Urlauber für die Zeit seines Aufenthalts einen Gästebeitrag entrichten musste und dafür die sogenannte *Töwercard* bekam, war die Urlaubsadresse dieser Frau leicht zu ermitteln. Aber Antje hatte jetzt keine Zeit, um zur Touristinformation zu gehen und sich nach dem Ferienquartier von Lotta Dolke zu erkundigen. Denn nun kam die Fähre in Sicht.

»Wetten, dass das Schiff so voll wie eine Sardinenbüchse ist?«, meinte Roland grinsend.

»Ich würde nicht dagegenhalten«, erwiderte die Kommissarin. Tatsächlich waren schon am Vortag weitaus mehr Besucher angereist, als man es an einem schönen Augusttag erwarten konnte. Das Strandfest erfreute sich großer Beliebtheit, viele Menschen kamen jedes Jahr extra deswegen auf die Insel.

Schon bald begann die Besatzung der Fähre mit dem Anlegemanöver, und die Inselpolizisten postierten sich in der Wartehalle. Die Urlauber strömten von Bord. Inmitten der Touristen waren die beiden blau uniformierten Kollegen nicht zu übersehen.

»Das ist ja Freerk«, sagte Antje lächelnd und zeigte auf den älteren Polizisten mit den runden Wangen. »Was für eine nette Überraschung!«

Freerk war in Begleitung einer sehr schlanken jungen Polizeimeisterin, die sich anmutig wie eine Balletttänzerin bewegte.

Antje gab den beiden die Hand, nachdem sie die Sperre passiert hatten.

»Moin, willkommen auf Juist! Ich möchte euch meinen Kollegen Roland Witte vorstellen. – Roland, das sind Kommissar Freerk Tummel und …«

»Ich bin Polizeimeisterin Lina Kruse«, sagte die Kollegin. »Freerk hat schon auf der Fähre von Juist geschwärmt, ich bin heute zum ersten Mal hier.«

»Woher kennt du und Freerk euch eigentlich?«, wollte Roland wissen.

»Als ich noch allein für die Polizeipräsenz auf der Insel zuständig war, musste ich einen gewalttätigen Touristen festnehmen, der einen vermeintlichen Liebhaber seiner Frau verprügelt hatte. Um ihn aufs Festland zu überstellen, habe ich einen Kollegen angefordert. Doch als Freerk Juist erreicht hatte, wurden wir von einem Herbststurm überrascht. Der Fährbetrieb wurde für drei Tage eingestellt. Während dieser Zeit musste der Schläger in unserer Arrestzelle schmoren, und wir haben so viel Halma gespielt wie noch nie zuvor.«

Freerk grinste und ergänzte: »Der Kerl jammerte die ganze Zeit und behauptete, nie wieder seiner Wut freien Lauf lassen zu wollen. Aber Antje war unerbittlich.«

»Er hätte sich eben früher überlegen müssen, ob er andere Menschen misshandelt«, gab Antje trocken zurück. »Ich hoffe jedenfalls auf ein ruhiges Strandfest. In der Vergangenheit hat es nie größere Probleme gegeben. Aber für den Seelenfrieden unserer Bürgermeisterin ist es gut, dass ihr als Verstärkung angerückt seid.«

»Ich zeige euch jetzt erstmal euer Quartier«, bot Roland an. »Die Pension gefällt euch hoffentlich, ich wohne selbst dort. Es ist nicht allzu weit, wir gehen zu Fuß.«

»Habt ihr keinen Streifenwagen?«, wunderte Lina Kruse sich.

»Juist ist autofrei, nur die Ärzte sind motorisiert«, erklärte Antje. »Und einen RTW gibt es auch. – Ist es in Ordnung, wenn ich euch mit Roland allein lasse? Ich möchte noch etwas nachprüfen. Wir treffen uns dann später am Strand.«

Ihre Frage war an die beiden Kollegen aus Norddeich gerichtet. Lina und Freerk waren einverstanden.

»Du machst dir Sorgen wegen dieser Lotta Dolke, oder?«, raunte Witte seiner Kollegin zu.

»Bin ich so leicht zu durchschauen?«

»Ich würde an deiner Stelle wahrscheinlich genauso handeln, Antje. Noch hat die Party ja nicht begonnen, also haben wir noch genug Zeit. Falls es Probleme gibt, können wir uns über Funk verständigen.«

»Gut, wir sehen uns dann später«, sagte die Inselpolizistin. Sie schaute Roland und den beiden anderen Kollegen nach, wie sie die Bahnhofstraße hochgingen, die ihren Namen auch nach dem Ende des Bahnbetriebs im Jahr 1982 behalten hatte. Ja, Juist veränderte sich. Für Antjes Charakter galt das allerdings nicht. Sie war immer noch die sture Friesin, die sich im Zweifelsfall lieber auf ihr Bauchgefühl verließ. Und sie spürte, dass irgendetwas mit Lotta Dolke nicht in Ordnung war. Gewiss gab es Leute, die aus purer Langeweile die Polizei zum Narren hielten. Doch zu dieser Sorte Mensch gehörte die junge Frau, die in die Dienststelle gekommen war, ganz sicher nicht. Sie hatte Angst gehabt, das war offensichtlich. Aber vor wem?

Während Antje diese Überlegungen durch den Kopf gingen, kehrte sie in die Wartehalle der Fährreederei zurück. Dort gab es eine kleine Außenstelle der Touristinformation.

Die Kommissarin nickte der Angestellten zu, die dort arbeitete.

»Moin, Birte. Ich bräuchte bitte eine Information über einen Gast.«

Im Handumdrehen erfuhr die Inselpolizistin, dass Lotta Dolke gemeinsam mit einigen anderen Personen ein Ferienhaus an der Deichstraße gemietet hatte. Sie war am Montag angereist und wollte insgesamt zwei Wochen bleiben. Also befand sie sich schon ein paar Tage auf der Insel, denn jetzt war Freitag. Ob Lottas Mitbewohner Ärger machten?

Antje bedankte sich bei Birte für die Hilfe und verließ das Gebäude wieder. Der Wind frischte ein wenig auf, als sie Richtung Deichstraße ging. Natürlich kannte die Inselpolizistin das Ferienhaus, so wie die meisten anderen Urlaubsunterkünfte auf Juist. Es gehörte Tammo Reimer. Vom Fährhafen bis zu dem idyllischen Ferienhaus war es zu Fuß nur eine knappe Viertelstunde. Antje hätte ihr Dienstrad holen können, aber sie entschied sich dagegen. Erstens würde sie später bei dem Strandfest ohnehin auf das Zweirad verzichten, und zweitens wollte sie gern auf dem Deich gehen und dabei ihre Gedanken sortieren.

Was wusste Antje über Lotta Dolke? Die Frau war wegen einer Lüge auf der Polizeiwache erschienen, hatte angeblich aktuell keinen Freund mehr und trug einen Siegelring, der nicht zu ihrem übrigen Erscheinungsbild passen wollte. Und sie fürchtete sich vor jemandem oder vor etwas. Vielleicht hatten all diese Dinge auch gar nichts zu bedeuten, und die Inselpolizistin machte aus einer Mücke einen Elefanten. Doch sie fand, dass Lotta Dolke ihr nach dem fluchtartigen Verlassen der Dienststelle eine Erklärung schuldig war.

Das schmucke Haus bestand aus roten Backsteinen und befand sich nur einen Steinwurf weit vom Deich entfernt. Vor der Tür stand einer dieser Karren, die auf Juist Wippen genannt werden und zum Transport von schweren Lasten dienen. Antje betätigte den Türklopfer, der die Form eines Seehunds hatte. Die Fensterläden waren geöffnet. Nachdem das Pochen unbeantwortet geblieben war, linste die Kommissarin in das Fenster links von der Tür. Sie erblickte eine komplett eingerichtete Küche, die einen unbenutzten Eindruck machte. Entweder aßen und tranken die momentanen Bewohner des Ferienhauses nichts oder sie legten Wert auf größte Ordnung und Sauberkeit. Weder benutztes Geschirr noch Flaschen oder Dosen standen herum. Im Inneren des Ferienhauses herrschte immer noch Totenstille. Entweder war niemand daheim oder die Bewohner wollten von Besuchern nicht entdeckt werden.

»Frau Dolke, sind Sie da?«, rief die Kommissarin. Sie konnte sich Gehör verschaffen. Wenn Antje ihre Stimme erhob, dann klingelte es den Umstehenden in den Ohren. Aber hier schien niemand anwesend zu sein. Lediglich ein älteres Paar, das auf der Deichkrone spazieren ging, warf der Inselpolizistin einen neugierigen Blick zu. Sobald eine Polizeiuniform zu sehen war, wurde bei vielen Menschen das Interesse geweckt. Antje hatte damit keine Probleme, solange die Leute nicht sofort mit ihren Smartphones zu filmen begannen. Das fand sie nämlich äußerst nervig.

Auch hinter dem Haus war keiner der momentanen Bewohner zu sehen. Nur einige im Kreis aufgestellte Gartenmöbel deuteten darauf hin, dass die Unterkunft momentan bewohnt wurde.

Eigentlich musste die Kommissarin sich nicht darüber wundern, dass es die Urlauber bei dem schönen Wetter nicht in ihrer Unterkunft hielt. Jetzt, am späten Vormittag, traf man die meisten Juister Feriengäste ganz gewiss am Strand. Antje beschloss, ihre Suche nach Lotta Dolke auf den nächsten Tag zu verschieben. Womöglich lief die junge Frau ihr ja auch später bei der Veranstaltung über den Weg. Antje redete sich ein, dass es keinen Grund zur Beunruhigung gab.

Ein flaues Gefühl in der Magengegend blieb bei ihr aber trotzdem zurück.

Kapitel 2

Tjark Fedder freute sich auf das bevorstehende Fest. Seine gemütliche Seemannskneipe *Juister Kajüte* befand sich unmittelbar an der Strandpromenade. Obwohl momentan einige mobile Getränkebuden aufgebaut wurden, würde das Event auch Tjarks Umsatz gewaltig steigern. Es war ihm gelungen, für diesen Abend extra eine zweite Bedienung anzuheuern. Schon jetzt war der Außenbereich seiner Gaststätte gut gefüllt, das schöne Wetter und die gelöste Urlaubsstimmung heizten den Durst seiner Gäste gewaltig an. Antjes Vater kam mit dem Bierzapfen kaum hinterher. Obwohl er alle Hände voll zu tun hatte, fiel ihm ein junger Mann auf, der Trübsal zu blasen schien.

Der Dunkelhaarige mit den breiten Schultern kam grußlos in die Gaststube gestapft. Auf den ersten Blick unterschied er sich kaum von anderen Touristen, in seinen Blue Jeans und dem Polohemd mit Ringelmuster war er keine auffallende Erscheinung. Doch er strahlte Unruhe aus wie ein Dampfkessel kurz vor der Explosion. Tjark verfügte über viel Lebenserfahrung, er hatte schon öfter Männer die Nerven verlieren sehen. Und dieser Bursche schien den kritischen Punkt beinahe erreicht zu haben. Der Fremde schaute sich um. In dem Schankraum saßen kaum Gäste, da die meisten ihre Getränke an der frischen Luft genossen.

»Moin, was darf es sein?«, fragte der Wirt freundlich. Dabei blieb er auf der Hut und ließ den jungen Mann nicht aus den Augen. Dieser starrte Tjark an, als ob die Frage völlig absurd wäre.

»Ich will eigentlich gar nichts trinken«, erwiderte er zögernd, »aber vielleicht können Sie mir trotzdem helfen.«

»Falls es mir möglich ist, will ich es gern tun.«

Mit diesen Worten stemmte Antjes Vater seine tätowierten Unterarme auf die Theke und schaute den Dunkelhaarigen fragend an.

»Ich suche meine Freundin«, begann der Unbekannte. »Sie ist ungefähr eins siebzig groß, schlank und hat schulterlanges, blondes Haar.«

»Diese Beschreibung könnte auch auf meine Tochter zutreffen«, scherzte Tjark. Dann fuhr er ernsthaft fort: »Wir haben Hauptsaison, und wegen des Strandfestes ist die Insel noch voller als sonst. Wahrscheinlich sind allein heute mindestens hundert junge blonde Frauen hier eingetroffen. Sind Sie sicher, dass Ihre Freundin nach Juist wollte und nicht auf eine andere Insel?«

Der Dunkelhaarige fuhr sich mit der flachen Hand über das Gesicht. Jetzt wirkte er eher sorgenvoll als wütend, jedenfalls nach Tjarks Meinung.

»Lotta ist so leicht zu beeinflussen, ich muss sie vor sich selbst schützen«, murmelte der Fremde. Es war, als würde er zu sich selbst sprechen.

»Also wissen Sie nicht, für welches Quartier sich Ihre Freundin entschieden hat?«, hakte der Wirt nach. »Möchten Sie vielleicht doch etwas trinken?«

»Ja, geben Sie mir einen doppelten Wodka.«

Tjark füllte ein Glas, und der Mann leerte es in einem Zug. Dann legte er Geld auf den Tresen.

»Mehr darf ich nicht zu mir nehmen, ich muss einen klaren Kopf behalten. Lotta hat doch nur mich, diese Leute machen sie fertig. Ich muss sie finden und von dieser Insel wegschaffen.«

»Ihre Beschreibung ist leider sehr ungenau«, meinte Antjes Vater. »Wenn Ihre Freundin bedroht wird, sollte sie sich besser an die Polizei wenden.«

»Diese Typen sind verdammt clever, denen ist nichts nachzuweisen«, behauptete der Unbekannte. »Jetzt fällt mir doch noch etwas ein: Lotta trägt neuerdings so einen protzigen Siegelring, der überhaupt nicht zu ihr passt.«

Der Wirt zuckte mit den Schultern und sagte: »Ich kann mich nicht erinnern, in letzter Zeit bei einem weiblichen Gast so ein Schmuckstück gesehen zu haben.«

Er fügte in Gedanken hinzu: *Und falls doch, dann würde ich es dir bestimmt nicht auf die Nase binden.* Er fand diesen Besucher nämlich höchst verdächtig.

Der Dunkelhaarige erwiderte nichts, sondern stürmte hinaus. Offenbar wollte er seine Suche fortsetzen. Tjark schüttelte den Kopf und nahm sich vor, seiner Tochter bei nächster Gelegenheit von dieser seltsamen Begegnung zu berichten.

***

Das Strandfest ging hauptsächlich auf dem Abschnitt über die Bühne, der Ostbad genannt wird. Bei Einbruch der Dämmerung hatten sich bereits mehrere Hundert Besucher dort eingefunden. Einige von ihnen tanzten zum Sound einer Live-Band, die ihr Equipment auf eine kleine Bühne unterhalb der Promenade aufgestellt hatte. Aus bunten Glühbirnen bestehende Girlanden sorgten für etwas Licht, und auch die Getränkestände waren beleuchtet. Das eine oder andere Liebespaar hatte sich auf einsamere Abschnitte des breiten Sandstreifens zurückgezogen, manche Menschen spazierten einfach am Spülsaum entlang und genossen die Atmosphäre des Festes aus angemessener Entfernung.

Antje hatte ihre Augen überall. Sie patrouillierte zusammen mit Roland auf dem südlichen Teil des Geländes, während Freerk und Lina für den nördlichen Rand zuständig waren. Im Ernstfall würde es nur wenige Minuten dauern, bis die Kollegen per Funk zur Unterstützung herbeigeholt werden konnten. Doch momentan schien die größte Gefahr für Antjes Nerven in der Bürgermeisterin zu bestehen, die nun auf die beiden Polizisten zugerauscht kam.

Silke Meester trug einen knielangen grauen Rock und einen marineblauen zweireihigen Blazer, darunter eine weiße Bluse. Und sie wirkte so gestresst wie immer.

»Jemand raucht Rauschgift!«, teilte sie den beiden mit gedämpfter Stimme und anklagendem Unterton mit. So, als ob die Inselpolizisten die Drogen nach Juist geschafft hätten.

»Woher wissen Sie denn, wie Marihuana riecht?«, fragte Antje trocken.

Und Roland grinste breit, bevor er sagte: »Ich bin schockiert, Frau Meester. Sind Sie sicher, dass Sie sich nicht täuschen? Ich habe nur den Duft von köstlichen Bratwürsten in der Nase.«

»Das ist nicht lustig, Herr Witte!«, fauchte die Amtsträgerin und deutete nach links. »Dort drüben konsumieren irgendwelche Jugendlichen verbotene Substanzen. Ich erwarte, dass Sie dieses Verhalten augenblicklich unterbinden!«

»Wir schauen mal nach«, behauptete Antje um des lieben Friedens willen. Sie selbst hatte nichts Verdächtiges wahrgenommen. Aber es war einfacher, auf Frau Meesters Hirngespinst einzugehen, als minutenlang mit ihr zu debattieren. Die Inselpolizisten traten also aus dem Lichtkegel der nächstgelegenen Getränkebude und stapften durch den weichen Sand, bis sie von der Finsternis umhüllt wurden.

Roland atmete hörbar mehrmals tief durch die Nase ein.

»Also, ich rieche nur getrockneten Seetang«, verkündete er. »Vielleicht sollte man das Zeug versuchsweise mal rauchen. Ich bezweifle allerdings, dass sich eine berauschende Wirkung einstellt.«

Antje kicherte.

»Nimm unsere polizeiliche Maßnahme gefälligst ernst! Es steht der Anfangsverdacht einer Straftat im Raum. Da wir allerdings keinen Drogengestank wahrnehmen ...«

»... können wir ebenso gut auch eine kleine Pause machen«, vollendete ihr Kollege den Satz und zog sie in seine Arme.

»Was soll das denn werden?«, flüsterte sie.

»Ich will dich küssen«, gab Roland ebenso leise zurück.

»Spinnst du? Wir sind im Dienst.«

»Hier sieht uns aber niemand.«

Antje konnte schon verstehen, dass ihr Freund an diesem schönen Abend in romantische Stimmung geriet. Doch bevor Roland sein Vorhaben in die Tat umsetzen konnte, ertönten ein paar wütende Rufe von einer Getränkebude. Glas klirrte.

»Das Liebesleben wird wohl bis nach Feierabend warten müssen«, meinte Antje. Dann machte sie sich von ihm los und rannte dorthin, wo gerade ein heftiges Wortgefecht aus dem Ruder zu laufen drohte. Roland war dicht hinter ihr. Die beiden Ordnungshüter drängten sich in eine Gruppe von jungen Männern, die offenbar gerade aufeinander losgehen wollten. Antje kannte keinen von ihnen, es handelte sich offenbar um Touristen.

»So, jetzt beruhigen wir uns mal alle«, forderte sie. »Und dann möchte ich wissen, was passiert ist.«

Einer der Kerle öffnete den Mund. Eine beachtliche Bierfahne wehte ihr entgegen.

»Der Vollpfosten da drüben ...«, begann er und deutete auf einen Blonden im grünen T-Shirt.

»Wen nennst du Vollpfosten, du Flachzange?«, grollte der andere und ballte die Fäuste. Wenn Roland ihn nicht festgehalten hätte, wäre er seinem Kumpan vermutlich an die Gurgel gegangen. Die übrigen Mitglieder der Gruppe ergriffen alle entweder für den einen oder den anderen Streithahn Partei. Nun redeten alle wild durcheinander.

Antje hatte ähnliche Situationen schon oft genug erlebt und war nicht wirklich beunruhigt. Es war, als ob sie einen Sack Flöhe hüten wollte. Man musste die Gemüter abkühlen, was schwierig, aber nicht unmöglich war.

Und ausgerechnet in diesem Moment sah sie Lotta Dolke wieder.

Allerdings befanden sich zwischen der Kommissarin und der jungen Frau mindestens drei Dutzend fröhlich feiernde Menschen. Lotta warf einen Blick auf Antje, den diese unmöglich deuten konnte. Sie war schließlich gerade mit den Krawallbrüdern beschäftigt. Lotta verharrte nur einen Moment, dann verschwand sie. Die Inselpolizistin biss sich auf die Unterlippe. Sie wäre der Frau am liebsten nachgelaufen, aber sie wollte Roland nicht mit dieser alkoholisierten Horde allein lassen. Also griff sie zum Funkgerät.

»Freerk, könnt ihr mal schnell rüberkommen? Wir sind an der unteren Getränkebude.«

Es dauerte wirklich nicht lange, bis die beiden Kollegen auftauchten. Den Unruhestiftern schien allmählich zu dämmern, dass ihnen eine Nacht in der Ausnüchterungszelle blühte. Tatsächlich gelang es Antje und den anderen Polizisten, die Kontrahenten auseinanderzubringen, ohne jemanden verhaften zu müssen. Doch als die Kommissarin sich endlich loseisen konnte, war Lotta bereits verschwunden. Für einen Moment spielte Antje mit dem Gedanken, zum Ferienhaus zu gehen. Aber es war schon nach Mitternacht. Sie beschloss, den Besuch auf den nächsten Morgen zu verschieben.

Kapitel 3

»Da liegt eine Leiche am Strand!«

Diese Worte stieß ein älterer Mann hervor, während er am nächsten Morgen um kurz nach acht Uhr in die Polizeiwache stürmte. Antje kannte den Melder vom Sehen. Er gehörte zu den treuen Juist-Urlaubern, die Jahr für Jahr die schönsten Sommerwochen auf der Insel verbrachten. Er war mager und sehnig, seine tiefe Sonnenbräune zeugte von den vielen Sonnenstunden, die er an der frischen Luft verbrachte. Momentan war sein Gesicht allerdings vor Aufregung blass und gräulich, nur die Arme und Beine wiesen einen tiefen Braunton auf.

Antje hatte sich bereits von ihrem Stuhl erhoben. Roland, der mit dem Rücken zur Eingangstür saß, stand ebenfalls auf und wandte sich an den Senior.

»Moin! Sind Sie sicher, dass die Person nicht mehr lebt? Nach dem gestrigen Fest könnte ja auch jemand einfach im Sand seinen Rausch ausschlafen.«

Der Mann nickte.

»Das war auch mein erster Gedanke, Herr Wachtmeister. Deshalb bin ich näher herangetreten, habe gegrüßt und die Frau sogar kurz berührt. Ihre toten Augen starrten in den Himmel, es war einfach nur furchtbar.«

Antjes Pulsschlag beschleunigte sich, als der Melder das Geschlecht des Leichnams erwähnte. Gleichzeitig appellierte die Kommissarin innerlich an sich selbst, die Nerven zu behalten. Noch gab es nicht den geringsten Hinweis darauf, dass die Tote Lotta Dolke war.

Antje musste sich unbedingt Gewissheit verschaffen. Sie setzte ihre Dienstmütze auf.

»Führen Sie uns bitte zu der Leiche«, forderte sie.

»Selbstverständlich, deshalb bin ich ja hergekommen.«

Der Urlauber verließ die Dienststelle und eilte Richtung Warmbadstraße. Antje schätzte ihn auf ungefähr siebzig Jahre. Er lief schneller als so mancher jüngere Mann – wahrscheinlich, weil er sich so viel bewegte und gut im Training war. Während die Kommissarin diese Beobachtung machte, schweiften ihre Gedanken zurück zum Vorabend. Hatte Lotta erneut mit Antje Kontakt aufnehmen wollen? Aber warum war sie dann nicht zu den Polizisten herübergekommen? Wurde sie verfolgt? Die junge Frau hätte einfach nur auf die Ordnungskräfte zugehen müssen, dann wäre sie in Sicherheit gewesen. Die Stimme des Alten riss Antje aus ihren Überlegungen.

»Wahrscheinlich ist die Ärmste von Bord einer Yacht gefallen und dann jämmerlich ertrunken. Sie liegt direkt am Spülsaum, wie Sie gleich sehen werden.«

Die Gewässer rund um Juist waren mit Vorsicht zu genießen. Teilweise waren die Strömungen so stark, dass das Baden an einigen Stellen verboten werden musste. Ein Körper konnte im Handumdrehen hinaus auf das offene Meer gezogen werden. Bei entsprechenden Verhältnissen war natürlich auch der umgekehrte Fall möglich. Nicht umsonst wurde mit jeder Flut Treibgut aller Art auf die breiten Sandstreifen der Insel geschwemmt. Manchmal sogar sterbliche Überreste eines Menschen.

Der Melder und die beiden Polizisten hatten inzwischen die Strandpromenade erreicht und überquerten sie auf einem der aus Holzbrettern bestehenden Wege. Der Strand breitete sich hell und menschenleer vor ihnen aus. Nur das Kreischen der Möwen und das Rauschen der Brandung waren zu hören. Antje richtete ihren Blick in die Ferne und sah einen kleinen, unbeweglichen Fleck. Normalerweise hätte sie die Gestalt auf die Distanz für einen Seehund gehalten.

Die Kommissarin rannte los. Sie ließ den Alten und Roland hinter sich, musste so schnell wie möglich Gewissheit bekommen. Wenig später stand sie neben der toten Frau. Ihre Befürchtung bestätigte sich.

Es war Lotta Dolke, die im nassen Sand lag und von der Brandung umspült wurde. Antjes Magen krampfte sich zusammen. Das Blut rauschte in ihren Ohren. Auch wenn sie nach außen hin meist norddeutsch-gleichmütig wirkte, ließ sie der Tod eines Menschen natürlich nicht kalt. Das galt besonders für diesen Fall. Doch die Kommissarin zwang sich zu genauer Beobachtung. Sie musste die Todesumstände dieser Frau aufklären. Das war alles, was sie noch für Lotta Dolke tun konnte.

Der bleiche Körper wies keine äußeren Verletzungen auf. Da die junge Frau nur mit einem roten Bikini bekleidet war, konnte man das genau sehen. Ob sie also wirklich ertrunken war? Nächtliches Schwimmen in betrunkenem Zustand war ein lebensgefährliches Vorhaben, was nicht nur für die Juister Gewässer galt. Es musste auf jeden Fall eine Obduktion stattfinden. Antjes Schuhe füllten sich mit Wasser, während sie neben der Toten in die Knie ging und einige Fotos von ihrem Gesicht und ihrem Körper machte. Roland kam zu seiner Kollegin und legte seine Hand auf ihre Schulter.

»Das ist ja die Frau, die eine Lüge melden wollte.«

»Ja, und wir haben ihr nicht geholfen!«, stieß Antje verbittert hervor.

»Sie ist weggelaufen, wir konnten sie nicht anbinden«, stellte der Inselpolizist fest.

Sie wusste, dass er im Grunde recht hatte. Dennoch kam die Kommissarin sich in diesem Moment wie eine Versagerin vor. Doch sie wollte ihre schlechte Stimmung nicht an ihrem Freund auslassen. Also verkniff sie sich eine scharfe Antwort und sagte: »Wie gut, dass du eine Plane mitgebracht hast.«

»Ja, schon bald werden mehr Spaziergänger und Jogger am Strand auftauchen. Ich rufe auch gleich Hinderk an, damit wir die Tote wegschaffen können.«

Antje nickte. Noch stand nicht fest, ob überhaupt ein Verbrechen vorlag. Doch selbst wenn dieser Platz der Tatort sein sollte, konnte man hier keine verwertbaren Spuren erwarten. Die Leiche wurde ununterbrochen von den anbrandenden Wellen umspült. Der Kommissar breitete bereits die Kunststoffdecke aus und wollte sie über die Leiche legen, als Antje ihn zurückhielt.

»Schau dir ihr linkes Fußgelenk an, Roland!«

Er beugte sich vor und sagte: »Da sind Abschürfungen zu sehen, die Haut ist gerötet.«

»Ja, und zwar wegen einer Fesselung!«, erwiderte die Inselpolizistin. »Jemand könnte ein Gewicht an ihr Bein gebunden und sie ins Meer geworfen haben. Im Wasser hat der Knoten sich dann gelöst, wodurch sie an Land gespült wurde.«

Roland nickte.

»Wenn deine Annahme stimmt, haben wir es mit einem eiskalten Mord zu tun. Der Täter konnte offenbar keinen vernünftigen Knoten knüpfen. Wenn das Gewicht gehalten hätte, wäre die Leiche vielleicht niemals gefunden worden.«

»Ja, das sehe ich genauso, mein Lieber. Und mir fällt noch etwas anderes auf: Sie hat diesen scheußlichen Siegelring nicht mehr am Finger.«

»Vielleicht hat die Tote ihn im Wasser verloren«, mutmaßte ihr Kollege.

»Ja, möglicherweise«, murmelte die Kommissarin. Dann wandte sie sich an den Melder: »Begleiten Sie mich bitte zurück zur Wache? Ich nehme Ihre Personalien und Ihre Aussage auf, danach können Sie gehen.«

»Und ich warte hier auf Hinderk, damit wir die Leiche zur Fähre bringen können«, kündigte Roland an und griff zum Smartphone. Er sprach von einem Fuhrunternehmer, der mit seinem Pferdewagen Lasten aller Art transportierte. Mit der unerschütterlichen Art eines Inselfriesen war er der Juister Polizei schon in der Vergangenheit öfter behilflich gewesen.

»Hinderk kommt so bald wie möglich«, sagte Roland, nachdem er das Telefonat beendet hatte. »Ich warte hier und verscheuche die Neugierigen, falls es nötig sein sollte.«

»Gut, wir sehen uns dann später.«

Mit diesen Worten wandte Antje sich ab und machte sich gemeinsam mit dem Urlauber auf den Rückweg zur Polizeistation. Sie war dem Alten dankbar dafür, dass er sie nicht in ein Gespräch zu verwickeln versuchte. Vermutlich hatte der Leichenfund ihn erschüttert, so etwas passierte nur wenigen Menschen. Ob Antjes Schlussfolgerung mit der Fessel am Fußgelenk realistisch war? Die Obduktion würde Gewissheit schaffen. Fest stand, dass Lotta ängstlich gewesen war. Und dazu hatte sie nach Lage der Dinge auch allen Grund gehabt.

In der Polizeistation fuhr die Kommissarin ihren Computer hoch, tippte die Angaben des Melders ein und ließ ihn danach das ausgedruckte Protokoll unterschreiben.

»Ich wünsche Ihnen trotz dieses Erlebnisses noch einen schönen Aufenthalt auf unserer Insel«, sagte sie zum Abschied. Antje kamen ihre eigenen Worte wie eine hohle Phrase vor. Sie wusste nicht, was sie sonst zu dem Touristen sagen sollte.

»Meine Liebe zu Juist ist ungebrochen«, versicherte er. »So eine Wasserleiche hätte ja überall angespült werden können, nicht wahr?«

Die Inselpolizistin nickte. Der Mann hatte offenbar nicht mitbekommen, dass im Fall Lotta Dolke ein Mordverdacht bestand. Antje hatte nichts dagegen, ihn im Glauben an einen Bootsunfall zu belassen.

Nachdem der Melder gegangen war, wurde die Eingangstür zur Dienststelle wenig später erneut aufgestoßen. Die Kommissarin glaubte schon, dass der Alte etwas vergessen hätte. Doch stattdessen betraten Freerk und Lina den Raum. Der Kommissar aus Norddeich merkte sofort, dass etwas Dramatisches geschehen sein musste.

»Was ist los, Antje? Du siehst ja völlig fertig aus«, meinte er und machte ein besorgtes Gesicht.

»Wie das blühende Leben wirkst du tatsächlich nicht«, bestätigte die junge Polizeimeisterin.

»Uns wurde gerade ein Leichenfund gemeldet, Roland und ich müssen die näheren Tatumstände klären«, erwiderte die Inselpolizistin.

»Wir wollten uns eigentlich nur verabschieden, weil wir mit der Vormittagsfähre nach Norddeich zurückkehren«, erklärte Freerk. »Aber falls unsere Anwesenheit länger nötig ist, kann ich Kontakt mit meinem Chef aufnehmen, damit er uns grünes Licht gibt.«

Antje überlegte einen Moment lang. Sie und Roland waren inzwischen ein eingespieltes Team. Sie mochte Freerk, und auch Lina hatte sich während des Strandfestes als eine nervenstarke und zuverlässige Kollegin erwiesen. Trotzdem erschien es ihr unnötig, die polizeiliche Personalstärke auf Juist für längere Zeit zu verdoppeln, zumal die Kollegen auch in Norddeich gebraucht wurden.

»Das wird nicht nötig sein, aber vielen Dank für das Angebot«, sagte sie daher.

Freerk nickte ihr zu.

»Schon gut, keine kennt die Insel so gut wie du, Antje. Grüß den Roland von uns, falls wir ihn nicht mehr sehen.«

»Ihr trefft ihn wahrscheinlich gleich bei der Fähre«, vermutete die Kommissarin. Nachdem die Festland-

Polizisten gegangen waren, griff Antje zum Telefonhörer. Sie rief den Vermieter des Ferienhauses an. Tammo Reimer meldete sich nach dem dritten Freizeichen.

»Moin.«

»Tammo, hier spricht Antje von der Polizei. Es geht um deine Immobilie …«

»Hat da jemand randaliert?«, fragte der Vermieter. Er klang erschrocken. »Ich vermiete extra nicht an Jugendgruppen, weil die erfahrungsgemäß gern einen Budenzauber veranstalten.«

»Nein, wir hatten dort keinen Einsatz wegen Ruhestörung«, gab die Kommissarin wahrheitsgemäß zurück. »Was kannst du mir über die Mieter sagen? Sind es Stammgäste?«

»Nein, ich hatte dieses Jahr das erste Mal mit ihnen zu tun. Es scheint sich um eine Gruppe von Vogelfreunden zu handeln, das wurde mir zumindest gesagt. Insgesamt sind es fünf Personen. Als Hauptmieter mir gegenüber verantwortlich ist ein gewisser Olaf Stolte. Er hat auch die Kaution gezahlt.«

»Ich verstehe, Tammo. Was für einen Eindruck hast du von diesem Stolte?«

»Er kommt mir freundlich und ausgeglichen vor. Ich habe aufgeschnappt, dass er ein frühpensionierter Lehrer ist. Seitdem scheint er sein Leben den Piepmätzen zu widmen. Jedenfalls sah ich im Wohnzimmer meines Ferienhauses einige vogelkundliche Standardwerke herumliegen.«

Wegen der vielen Naturschutzgebiete war Juist tatsächlich ein Eldorado für Hobby-Vogelbeobachter, die sich oft in aller Herrgottsfrühe mit starken Feldstechern bewaffnet auf die Lauer legten, um die gefiederten Freunde in freier Wildbahn zu beobachten. Antje konnte sich Lotta nur schwer bei einer solchen Freizeitbeschäftigung vorstellen, aber vielleicht fiel die Kommissarin auch nur auf ihre eigene vorgefasste Meinung herein.

»Nun möchte ich aber gern wissen, warum sich die Polizei für mein Ferienhaus und dessen Bewohner interessiert«, betonte Reimer. »Muss ich mir Sorgen machen?«

»Eine Frau, die in dem Haus lebt, wurde heute tot am Strand aufgefunden«, erklärte Antje und ergänzte: »Es gibt allerdings keinen Hinweis darauf, dass ein anderer Mieter etwas damit zu tun hat.«

Andererseits spricht auch nichts dagegen, fügte Antje in Gedanken hinzu, denn sie hatte nicht vor, Reimer unnötig zu beunruhigen. Sie nahm sich vor, dem Ferienhaus so bald wie möglich einen weiteren Besuch abzustatten. Diesmal wollte sie allerdings nicht vor verschlossener Tür stehen. Daher ließ sie sich von dem Vermieter Stoltes Mobilfunknummer geben. Nachdem sie das Telefonat beendet hatte, wurde die Tür der Polizeistation aufgestoßen. Die Kommissarin hatte eigentlich mit Rolands Rückkehr gerechnet, doch stattdessen erblickte sie ein anderes vertrautes Gesicht.

»Moin, Papa! Was führt dich denn hierher?«

Tjark Fedder kam herein, gab seiner Tochter einen Kuss und setzte sich auf den Schreibtischstuhl ihres Kollegen. In einer Großstadt-Dienststelle wäre ein solcher Empfang kaum denkbar gewesen, doch auf Juist schätzte man einen familiären Umgang.

»Ich wollte mich nur vergewissern, ob mein Schatz die turbulente Strandparty gut überstanden hat«, meinte der Gastwirt.

»Ja, es lief wie am Schnürchen. Meine Kollegen und ich mussten bei ein paar Streitereien von Betrunkenen dazwischengehen, aber die Ausnüchterungszelle blieb diesmal unbelegt.«

Antje überlegte, ob sie ihrem Vater von dem morgendlichen Leichenfund erzählen sollte. Früher oder später würde er sowieso davon erfahren, denn auf einer kleinen Insel ließen sich solche außergewöhnlichen Ereignisse nicht lange unter Verschluss halten. Doch während sie noch nach den passenden Worten suchte, begann Tjark zu sprechen.

»In meiner Juister Kajüte hatten die Bedienungen und ich alle Hände voll zu tun, das war der umsatzstärkste Tag des Jahres. Mir ist allerdings so ein schräger Vogel über den Weg gelaufen, von dem ich dir unbedingt berichten muss.«

Die Kommissarin wurde hellhörig, als ihr Vater seine Begegnung mit dem dunkelhaarigen Mann schilderte, der nach seiner Freundin oder Ex-Freundin suchte. Er beschrieb den Unbekannten so genau, dass sie sich innerlich ein Bild von ihm machen konnte.

»Und der Gast erwähnte, dass seine Freundin Lotta heißt, Papa?«

Der alte Seebär nickte.

»Da bin ich mir hundertprozentig sicher, Süße. Und er behauptete, dass er sie vor irgendwelchen Leuten beschützen müsse. Ach ja, einen Siegelring hat er auch erwähnt. – Warum machst du denn plötzlich ein Gesicht wie sieben Tage Regenwetter, Antje?«

»Die Frau, nach der dieser Typ gesucht hat, ist tot. Sie hieß Lotta Dolke und war gestern hier, um eine Strafanzeige zu stellen. Mir kam sie verwirrt und verängstigt vor, ich konnte nichts Konkretes aus ihr herausbekommen. Sie lief einfach weg, später sah ich sie noch einmal am Strand. Da hatte ich allerdings keine Zeit, weil ich mitten in einer polizeilichen Maßnahme steckte. Und jetzt ist sie nicht mehr am Leben.«

»Ich glaube nicht, dass du etwas falsch gemacht hast«, sagte Tjark mit Nachdruck. »Du bist die beste Polizistin, die ich kenne.«

Und ich bin normalerweise die einzige Polizistin auf Juist,
dachte Antje. Doch sie sprach diesen Satz nicht aus. Ihr
Vater stand immer vorbehaltlos hinter ihr, was an sich ein
sehr gutes Gefühl war. Und mit seinem Hinweis konnte sie
schon etwas anfangen. Es war sinnlos, Trübsal zu blasen.
Sie musste das Geheimnis um Lottas Schicksal lüften. Die
Kommissarin bat ihren Vater um eine möglichst genaue
Beschreibung des Unbekannten. Zum Glück war Tjark
Fedder ein ausgezeichneter Beobachter. Während seiner
langen Berufsjahre auf hoher See waren seine Sinne
geschärft worden. Er konnte die Größe und das Gewicht
eines Menschen auf den Zentimeter und das Kilogramm
genau einschätzen oder sich die Farbe von Vorhängen eines
Hauses merken, an dem er schnell vorbeigeradelt war.

»Glaubst du, dass der Kerl etwas mit Lottas Tod zu tun
hat?«, wollte Antjes Vater wissen. Sie zuckte mit den
Schultern.

»Zumindest hätte ich gern gewusst, wo er während des
Strandfestes gewesen ist. Du hast ihn nicht zufällig noch
einmal gesehen, Papa?«

»Nein, bedaure. Während der Strandparty habe ich fast
ununterbrochen am Zapfhahn gestanden. Wenn er noch
einmal in meinem Lokal aufgekreuzt wäre, hätte ich es
bemerkt.«

»Machte der Mann einen aggressiven Eindruck auf dich?«,
wollte die Inselpolizistin wissen. Ihr Vater schob die
Unterlippe vor. Das tat er immer, wenn er intensiv
nachdachte.

»Das ist schwer zu sagen, Schatz. Mir gegenüber ist er
nicht pampig geworden, das hätte ich ihm auch nicht
geraten. Ich kann mir schon vorstellen, dass mit ihm nicht
gut Kirschen essen ist.«

Antje hielt ihren Vater für einen ausgezeichneten
Menschenkenner. Sie gab viel auf sein Urteil. Nun betrat

auch Roland die Wache. Er grüßte und hängte seine Mütze auf den Garderobenhaken. Tjark erhob sich.

»Bleib ruhig sitzen«, sagte der Kommissar. »Ich wollte sowieso gerade einen Tee kochen. Du trinkst doch bestimmt ein Tässchen mit?«

»Normalerweise gern«, erwiderte der Wirt, während er Roland die Hand gab. »Ich muss aber weiter, will euch nicht von der Arbeit abhalten. Ich habe jedenfalls nichts dagegen, wenn ihr abends mal wieder in meinem Lokal vorbeischaut.«

»Das lässt sich einrichten«, erwiderte der Inselpolizist. Er mochte den Vater seiner Freundin, was auf Gegenseitigkeit beruhte. Tjark wünschte sich Roland als zukünftigen Schwiegersohn.

»Ich rufe dich an, sobald ich diesen Kerl wieder sehe«, versprach der Alte, bevor er die Polizeistation verließ. Roland warf seiner Kollegin einen fragenden Blick zu, während er in der kleinen Teeküche den Pfeifkessel mit Wasser füllte.

»Von wem spricht Tjark?«

»Es sieht ganz danach aus, als ob ein Freund oder Ex-Freund des Opfers auf der Insel wäre«, erwiderte Antje und erzählte, was sie soeben von ihrem Vater erfahren hatte.

Der Kommissar kratzte sich im Nacken und sagte: »Hm, wenn dieser Bursche sich als selbsternannter Retter hierher begeben hat, ist er vermutlich allein unterwegs. Das ist jedenfalls wahrscheinlicher, als dass er in Begleitung von Familienangehörigen oder seines Kegelklubs reist.«

»Du meinst also, wir sollten die Datenbank der Touristinformation nach männlichen Single-Touristen durchforsten? Das ist eine gute Idee, Roland. Hat eigentlich mit dem Abtransport der Leiche alles geklappt?«

»Das will ich hoffen. Hinderk und ich haben den Körper gut verpackt und in den Frachtraum der Fähre geschafft. Die

Kollegen in Norddeich sind schon verständigt, damit sie die Tote umgehend zur Obduktion nach Oldenburg transportieren. – Bis wir von dort ein Ergebnis haben, würde ich von Ertrinken als Todesursache ausgehen«, schlug der Inselpolizist vor. Er goss den Tee auf und stellte Tassen, Sahne, Kluntjes und Kekse auf den Schreibtisch.

»Danke, Roland. – Ja, allerdings wirft auch diese Todesart jede Menge weiterer Fragen auf: Ist Lotta freiwillig an Bord eines Bootes gegangen? Wer hat sie begleitet? Und vor allem – aus welchem Grund hat sie sich gestern getraut, zur Polizei zu gehen, um dann doch einen Rückzieher zu machen?«

»Du sagtest doch, sie hätte verängstigt gewirkt«, gab der Kommissar zu bedenken, während er für seine Kollegin und sich den Tee eingoss. »Womöglich hat sie Furcht vor der eigenen Courage bekommen.«

»Ja, oder es gibt eine gefühlsmäßige Bindung an ihren späteren Mörder«, mutmaßte Antje. »Du weißt auch, dass viele Frauen beispielsweise nach häuslicher Gewalt ihre Strafanzeigen zurückziehen, weil sie sich von ihrem Mann oder Freund wieder einwickeln lassen.«

»Ja, leider. Gehen wir gleich zu dem Ferienhaus?«, fragte der Kommissar.

»Ich rufe erst an, damit wir den Weg nicht umsonst machen. Der Vermieter hat mir die Nummer eines gewissen Olaf Stolte gegeben.«

Die Inselpolizistin schob ihre Teetasse zur Seite und wählte die Nummer. Eine dunkle Männerstimme meldete sich.

»Stolte.«

»Moin, hier ist die Polizei Juist, Fedder ist mein Name. Es geht um Lotta Dolke, die mit Ihnen gemeinsam das Ferienhaus bewohnt …«

Der Mann fiel ihr ins Wort.

»Wie gut, dass Sie sich melden, Frau Fedder! Wir haben Frau Dolke heute Morgen noch nicht gesehen. Ihr Bett ist unberührt, und ihr Handy ist aus. Ich war schon drauf und dran, sie als vermisst zu melden!«

Kapitel 4

Stolte schien ernsthaft besorgt zu sein, soweit man das am Telefon beurteilen konnte.

»Sind Sie im Ferienhaus?«, wollte Antje wissen.

»Ja, wir waren am Strand und haben uns nach Lotta umgeschaut, konnten sie aber nirgendwo finden«, lautete die Antwort. »Wir sind soeben zurückgekehrt, weil wir hofften, dass sie inzwischen auch hier wäre. Leider ist sie immer noch verschwunden. Haben Sie etwas von ihr gehört?«

Die Kommissarin überhörte die Frage. Sie sagte: »Mein Kollege und ich werden in wenigen Minuten bei Ihnen sein, dann reden wir über Lotta Dolke.«

Mit diesen Worten beendete sie das Telefonat.

»Verdächtigst du diesen Stolte?«, forschte Roland.

Antje nickte.

»Bevor wir einen besseren Durchblick haben, können wir niemanden als Täter ausschließen. Vielleicht liegt ja gar kein Verbrechen vor, obwohl mir das unwahrscheinlich vorkommt. Wir sollten uns keinesfalls in die Karten schauen lassen, mein Lieber. Daher werden wir Stolte und den anderen Bewohnern des Ferienhauses nicht auf die Nase binden, dass Lotta gestern bei mir war und Hilfe gesucht hat.«

»Dann wird Stolte sich aber fragen, wie wir auf den Namen gestoßen sind. Bei der Leiche haben wir ja logischerweise keine Personalpapiere gefunden.«

»Das stimmt, Roland. Was diesen Punkt angeht, werden wir die Ferienhausbewohner im Unklaren lassen. Falls sie nachhaken, können wir auf den Ex-Freund verweisen, der sich bei Papa nach einer gewissen Lotta erkundigt hat. Dass er ihren Nachnamen nicht erwähnt hat, können wir für uns behalten.«

Der Kommissar trank seinen Tee aus und spielte gedankenverloren mit dem Löffel. Er sagte: »Ja, so können wir es machen. Außerdem hast du erwähnt, dass die junge Frau von einer Lüge sprach. Wer hat die Unwahrheit gesagt? Und warum glaubte sie, dass es ein Fall für die Polizei wäre? Da kommt zunächst entweder einer ihrer Mitbewohner aus dem Ferienhaus oder dieser geheimnisvolle Freund oder Ex-Freund infrage. Ob ihr bekannt war, dass er sie verfolgte?«

»Das ist nur eine der vielen offenen Fragen, die wir klären müssen«, erwiderte Antje. Während ihres Wortwechsels waren die beiden nicht in der Dienststelle geblieben, sondern hatten das Haus verlassen und sich auf ihre Räder geschwungen. Mit dem Fahrrad waren es nur wenige Minuten bis zur Deichstraße.

Als die Inselpolizistin diesmal an die Tür klopfte, wurde ihr im Handumdrehen geöffnet. Ein mittelgroßer Mann mit Stirnglatze und grauem Backenbart stand vor ihr. Sie schätzte ihn auf Ende sechzig oder Anfang siebzig. Er war schlank und trug trotz der Augustwärme Oberhemd und Sakko, außerdem eine unmodische Stoffhose. Er gehörte zu der Sorte von Männern, die Antje sich nur schwer in Freizeitkleidung vorstellen konnte.

»Guten Tag, ich bin Olaf Stolte«, sagte er und streckte der Kommissarin seine Rechte entgegen. Antje gab ihm die Hand. Seine Finger fühlten sich kalt und trocken an.

»Mein Name ist Fedder, das ist mein Kollege, Kommissar Witte. Wir haben telefoniert.«

»Ich habe Ihre Stimme gleich wiedererkannt, Frau Fedder. Kommen Sie bitte, ich stelle Sie den übrigen Mitgliedern unserer Gruppe vor.«

Stolte führte die Inselpolizisten quer durch das Gebäude zur geöffneten Terrassentür. Antje musterte im Vorbeigehen die Einrichtung. Tammo Reimer hatte sein Ferienhaus vor wenigen Jahren mit modernen Holzmöbeln im skandinavischen Stil ausgestattet, die Räume wirkten hell und freundlich. Die Bilder an den Wänden zeigten Schiffe auf hoher See und rot-weiße Leuchttürme. Im Garten hatten sich zwei Frauen und ein Mann um einen quadratischen Holztisch versammelt. Sie trugen Shorts und T-Shirts, wirkten auf den ersten Blick wie normale Urlauber. Doch bei ihnen fehlte die gelöste und entspannte Stimmung, die Antje bei den meisten Besuchern der schönen Insel feststellte. Die drei Personen schienen sich nicht sehr wohlzufühlen. Auch auf Stoltes Stirn waren die Sorgenfalten nicht zu übersehen. Er nannte nun die Namen der Anwesenden.

Paula Koppel war eine schlanke Frau in den Dreißigern mit blonder Fransenfrisur. Lia Schröder hatte langes dunkles Haar. Die Kommissarin schätzte sie auf einige Jahre älter als Paula, von der Figur her war sie eher füllig. Ansgar Tiemann hatte sich seinen Kopf geschoren. Doch im Gegensatz zu anderen Männern mit einem solchen Kahlschlag wirkte er nicht hart oder grimmig, sondern eher sanft wie ein buddhistischer Mönch. Er war es, der nun den Mund öffnete: »Olaf erwähnte schon, dass die Polizei angerufen hat. Gibt es Neuigkeiten von Lotta? Ist sie in Schwierigkeiten?«

Antje ging auf die Frage ein, indem sie ihr Smartphone hervorholte und Ansgar sowie den anderen Personen ein Foto vom Gesicht der Leiche zeigte. Paula wandte sich ab und begann zu weinen.

»Ist Lotta … tot?«, brachte sie zwischen einigen lauten Schluchzern hervor.

Die Inselpolizistin stellte eine Gegenfrage.

»Bei dieser Frau handelt es sich um Lotta Dolke?«

Paula blickte noch einmal auf das Bild und nickte heftig. Stolte betrachtete es etwas eingehender und entgegnete: »Leider ja, Frau Fedder. Woher wussten Sie, dass Sie hier nach Lotta suchen mussten?«

»Es gibt einen Mann, der sich eingehend nach Ihrer Mitbewohnerin erkundigt hat«, erwiderte Antje. Mit dieser ausweichenden Antwort schien Stolte sich zufriedenzugeben.

»Also ist Lottas Befürchtung wahr geworden. Wir hätten besser auf sie achtgeben müssen«, sagte er seufzend, wobei er den Kopf senkte. Stolte wirkte eher erschüttert oder schuldbewusst als wütend. Antje hakte nach.

»Wie meinen Sie das?«

»Unsere Lotta war sozusagen das Küken unserer Gruppe«, erklärte er. »Da sie die Jüngste von uns war, fühlten wir uns alle ein wenig für sie verantwortlich. Nicht wahr?«

Paula Koppel, Lia Schröder und Ansgar Tiemann nickten. Nun öffnete Witte den Mund.

»Was für eine Art Vereinigung sind Sie eigentlich?«

»Uns eint die Liebe zur Vogelwelt«, antwortete Stolte mit einem freundlichen Lächeln. »Juist ist ja nicht umsonst so ein beliebtes Ziel für Freizeit-Ornithologen.«

Mit dieser Aussage hatte er zweifellos recht, wie Antje wusste. Es gab viele Naturfreunde, die vor allem wegen der fliegenden Bewohner des Tierreichs auf die Insel kamen. Doch die Kommissarin wollte etwas anderes wissen.

»Sie sprachen von einer Befürchtung, Herr Stolte. Gab es jemanden, vor dem Lotta Dolke Angst hatte?«

»Ja, sie fühlte sich durch ihren Ex-Freund Max Seiler bedroht. Ich kenne ihn nicht persönlich, aber er hat das Ende der Beziehung nicht hinnehmen wollen und Lotta offen bedroht. Wir waren öfter Zeugen, wenn sie Anrufe von ihm bekam und daraufhin stets in Verzweiflung fiel.«

Die anderen Vogelkundler bestätigten diese Aussage. Antje ließ sich von Stolte die Mobilnummer der Toten geben. Die Ermittlerin hatte keine große Hoffnung, das Gerät noch irgendwo zu finden. Doch sie und Roland mussten alle Möglichkeiten ausschöpfen. Es gab tatsächlich

Täter, die das Handy ihres Opfers behielten, obwohl sie die Polizei direkt auf ihre Spur brachten.

Die Inselpolizistin notierte auch den Namen des Ex-Freundes.

»Wissen Sie zufällig, ob dieser Max Seiler sich momentan hier aufhält?«, wollte der Kommissar wissen.

»Wie gesagt, ich bin diesem Mann persönlich nie begegnet«, wiederholte Stolte. »Daher kann ich Ihre Frage weder bejahen noch verneinen. Ich weiß nur, dass Lotta während der vergangenen Tage auf Juist sechs oder sieben Anrufe bekam und daraufhin stets nervlich sehr angespannt war.«

Antje wollte umgehend nach Seiler fahnden. An dem Tag hatte noch keine Fähre die Insel verlassen. Falls er sich mit einem Charterflugzeug abgesetzt hatte, sah die Sache schon anders aus. Aber das würde sich schnell feststellen lassen. Die Kommissarin wollte sich später eingehender mit den Vogelfreunden beschäftigen. Doch momentan musste sie unbedingt noch eine Frage loswerden: »Sie tragen alle diesen Siegelring mit dem stilisierten Buchstaben B. Was für eine Bedeutung hat das Schmuckstück für Sie?«

Stolte lächelte.

»Ach, das ist so ein kleiner Spleen von uns. Wir mögen alle den Brachvogel so gern, das ist eines unserer Lieblingstiere.«

»Also steht das B für Brachvogel?«

»So ist es, Frau Fedder.«

»Wir müssen Sie später noch weiter befragen«, erklärte die Kommissarin. »Sie können uns aber auch vorher selbst anrufen, wenn Ihnen noch etwas einfällt. Jede Kleinigkeit kann wichtig sein.«

Mit diesen Worten verteilte sie ihre dienstlichen Visitenkarten unter den Anwesenden. Bevor Antje sich zum Gehen wandte, hielt sie kurz inne.

»Als Vogelfreunde werden Sie es doch bestimmt bedauern, dass ausgerechnet auf Juist keine Sanderlinge vorkommen, oder?«

Einen Augenblick lang herrschte Stille, dann nickte Stolte eifrig und sagte: »Ja, das ist wirklich schade. Zum Glück gibt es ja noch viele andere gefiederte Freunde auf der Insel zu entdecken.«

»Ja, das stimmt wohl. Genießen Sie weiterhin Ihren Aufenthalt.«

Roland wartete, bis sie außer Hörweite waren und losfuhren. Er warf seiner Kollegin einen Seitenblick zu.

»Diesen Gesichtsausdruck kenne ich, Antje. Was hast du mit deiner Anspielung auf den Piepmatz bezweckt? War das eine Fangfrage?«

»Erraten, mein Bester. Dieser saubere Verein mag so manches sein, Vogelfreunde sind es nicht. Der Oststrand von Juist ist ein bevorzugter Ruheplatz für Sanderlinge, im Winter findest du dort oft über tausend von diesen Wattvögeln. Diese Tatsache ist jedem bekannt, der sich auch nur eine halbe Stunde lang mit der Tierwelt unserer Insel beschäftigt hat. Stolte und seine Spießgesellen wollen uns für dumm verkaufen!«

»Trotzdem kann Seiler Lottas Mörder sein«, gab der Kommissar zu bedenken.

Kapitel 5

Der Kommissar vergewisserte sich telefonisch, ob für den Tag ein Charterflug von Juist Richtung Festland gebucht war.

»Fehlanzeige, kein geplanter Fluchtversuch per Flieger«, meinte Roland, nachdem er das Gespräch beendet hatte. Er stand vor der Hauptstelle der Touristinformation, die sich im Rathaus befand. Seine Kollegin hatte soeben das Gebäude wieder verlassen und war zu ihm gekommen.

»Gut, dann kann sich Seiler heute also nur per Fähre absetzen«, erwiderte Antje. »Oder er findet einen Yachtbesitzer, der ihn mit an Bord nimmt. Ich habe jetzt seine Ferienadresse, er wohnt in der Pension Graf Luckner.«

Das nach dem »Seeteufel« benannte Gästehaus befand sich am hinteren Ende der Billstraße. Die Inselpolizisten machten sich sofort auf den Weg.

»Seiler hat seine Töwercard bis einschließlich nächste Woche Freitag bezahlt«, teilte die Kommissarin ihrem Kollegen mit. »Er rechnet also mit einem längeren Aufenthalt.«

»Wenn er seine Ex-Freundin getötet hat, wird er sich schnell absetzen wollen«, vermutete Roland. Antje schüttelte den Kopf.

»Nicht unbedingt. Wenn meine Annahme mit dem Seil am Knöchel stimmt, dann wollte er die Leiche auf Nimmerwiedersehen verschwinden lassen. Und er kann nicht wissen, dass Lottas Körper bereits heute Morgen gefunden wurde.«

»Damit hast du natürlich recht«, meinte der Kommissar. »Wir sollten herausfinden, ob Seiler über ein Boot verfügt. Wenn nicht, dann muss er einen Komplizen gehabt haben, um die Tote ein Stück vor den Strand ins Meer zu werfen.

Oder er hat ein Wasserfahrzeug gestohlen. Dadurch steigt allerdings das Risiko, erwischt zu werden.«

»Die Tatausführung lässt jedenfalls auf eiskalten Mord schließen«, stellte Antje fest. »Ein Seil, ein Gewicht, ein Boot – eine Tötung im Affekt stelle ich mir anders vor. Trotzdem können Rache oder Eifersucht überzeugende Motive sein. Wir sollten herausfinden, ob zwischen Lotta und Ansgar Tiemann etwas gelaufen ist.«

»Du glaubst, der Glatzkopf wäre ihr neuer Freund gewesen?«, wunderte Roland sich. »Und was ist mit Stolte? Er könnte zwar vom Alter her Lottas Vater sein, aber du kennst doch die Redensart: Wenn ein altes Haus brennt, dann brennt es lichterloh.«

»Ich frage mich, wo du immer diese flachen Sprüche herhast«, erwiderte Antje mit einem schiefen Grinsen. Doch gleich darauf wurde sie wieder ernst, denn nun erreichten sie ihr Fahrtziel.

In der gemütlich eingerichteten Familienpension duftete es nach Kaffee, Tee und frisch gebackenen Brötchen. Der Wirt war gerade damit beschäftigt, die Tische im Frühstücksraum abzuräumen. Er blickte auf, als die Polizisten durch die offen stehende Eingangstür hereinkamen.

»Moin, Antje, moin, Roland. Was kann ich für euch tun?«

»Wir müssen mit einem deiner Gäste sprechen«, erwiderte die Kommissarin. »Es handelt sich um Max Seiler.«

»Der junge Mann wird wohl noch an der Matratze horchen«, sagte der Pensionsbesitzer. »Beim Frühstück habe ich ihn jedenfalls nicht gesehen. Naja, der ist gestern bestimmt beim Strandfest gewesen.«

Genau wie Lotta, dachte Antje grimmig. Sie ließ sich die Zimmernummer des Verdächtigen geben. Wenig später klopfte sie an die Tür.

»Herr Seiler? Hier ist die Polizei. Wir möchten mit Ihnen reden.«

Die Kommissarin hatte laut und mit Nachdruck gesprochen. In dem Raum waren Geräusche zu hören, die wie das Knarren von Bettfedern klangen. Dann wurde ein Schlüssel im Schloss gedreht, und ein sehr verkatert wirkender Mann öffnete.

Falls er Max Seiler war, dann entsprach er ziemlich genau der Beschreibung, die Antje von ihrem Vater bekommen hatte. Die Ausdünstungen und die fahle Haut des Kerls ließen darauf schließen, dass er am Vorabend über den Durst getrunken hatte.

»Sind Sie Max Seiler?«, fragte Antje direkt, nachdem sie ihren und Rolands Namen und Dienstgrad genannt hatte.

»Ja, der bin ich«, gab der junge Mann mit belegter Stimme zurück. »Und es ist gut, dass Sie hier sind. Ich wäre heute selbst zu Ihnen gekommen, allerdings wusste ich noch nicht, wo sich hier auf der Insel die Polizeiwache befindet. Hat meine Freundin Sie geschickt?«

Diese Frage verblüffte die Kommissarin. Sie versuchte, sich nichts anmerken zu lassen.

»Sprechen Sie von Lotta Dolke, Herr Seiler?«

»Ja, richtig. Kommen Sie doch bitte herein. Ist sie endlich zur Vernunft gekommen und hat diesen Scharlatan angezeigt? Wahrscheinlich soll ich ihre Zeugenaussage bestätigen, oder?«

Antje atmete tief durch, bevor sie antwortete. Ahnte Seiler wirklich nicht, was geschehen war?

»Leider muss ich Ihnen mitteilen, dass Lotta Dolke am Strand tot aufgefunden wurde.«

Seilers Reaktion war bemerkenswert. Der Teint des jungen Mannes hatte schon nicht gesund gewirkt, als er den Inselpolizisten die Tür öffnete. Doch nun verlor er schlagartig die Farbe im Gesicht. Sein Kreislauf schien zu versagen, jedenfalls schwankte er wie ein angeschlagener Boxer und plumpste schließlich auf die Bettkante.

Roland trat auf ihn zu und fühlte seinen Puls.

»Sie sind kaltschweißig«, stellte Antjes Kollege fest.

»Benötigen Sie einen Arzt?«

Seiler schüttelte den Kopf.

»Wasser hilft immer«, meinte die Kommissarin. Sie schaute sich im Zimmer um und entdeckte einige Mineralwasserflaschen. Sie öffnete eine davon und reichte sie dem jungen Mann. Seine Hände zitterten, aber er schaffte es trotzdem, einige Schlucke zu trinken.

Antje ließ ihn nicht aus den Augen. Er schien unter Schock zu stehen. War wirklich mit so einer Reaktion zu rechnen, wenn er seine Ex-Freundin umgebracht hatte? Ja, und zwar dann, wenn es der Polizeibesuch war, der ihn aus der Bahn warf. Wenn die Überlegung der Kommissarin stimmte, hatte er die Leiche für immer auf dem Meeresboden verschwinden lassen wollen. Daher musste es ihn zutiefst erschrocken haben, dass die Beamten bei ihm auf der Matte standen.

Oder lagen die Dinge ganz anders?

Antje ermahnte sich selbst, keine voreiligen Schlüsse zu ziehen. Bisher stand nur fest, dass Seiler nach Lotta gesucht hatte und laut Tjark Fedders Aussage aufgebracht gewesen war. Stolte behauptete, dass die junge Frau sich vor ihrem Ex gefürchtet hatte. Doch die Kommissarin traute dem selbsternannten Vogelfreund nicht über den Weg.

Während ihr diese Überlegungen durch den Kopf gingen, beruhigte sich Seiler wieder halbwegs. Er trank hastig noch mehrere Schlucke Wasser, dann stellte er die Flasche mit einer ruckartigen Bewegung auf den Nachtschrank.

»Wie ist Lotta gestorben?«, fragte er mit belegter Stimme.

»Momentan sieht es nach Tod durch Ertrinken aus, allerdings können wir Fremdeinwirkung nicht ausschließen«, erklärte Antje. »Ihre Ex-Freundin trug einen Bikini, als wir sie fanden.«

»Lotta war nicht meine Ex-Freundin, wir sind – waren – nach wie vor zusammen. Aber er hat sie mir entfremdet.«

Seiler redete monoton, als ob er einen langweiligen Text vorlesen würde.

»Von wem sprechen Sie?«, wollte Roland wissen.

»Stolte versteht es, die Menschen zu beeinflussen«, sagte Seiler. »Nur wegen ihm ist Lotta überhaupt nach Juist gekommen.«

»Aus welchem Grund reiste Ihre Freundin auf die Insel?«

»Das weiß ich nicht.«

»Interessierte Lotta sich für Vögel?«, forschte Antje. Der junge Mann warf ihr einen Blick zu, der so etwas wie Befremden ausdrückte.

»Nein, überhaupt nicht. Sie hatte als Kind mal einen Wellensittich, aber das ist Jahre her.«

Plötzlich schien Seiler einzufallen, dass er nur mit Boxershorts bekleidet war. Er stand auf und zog sich schnell Jeans und T-Shirt über. Antje hatte bereits festgestellt, dass er einen kräftigen Körperbau hatte. Wahrscheinlich wäre Seiler auch ohne einen Komplizen dazu in der Lage gewesen, Lotta in ein Boot zu tragen und auf offener See über Bord zu werfen.

»Uns liegen Aussagen vor, dass Sie Ihre Freundin mit Telefonanrufen bombardiert haben«, sagte der Kommissar. Seiler strich sich mit beiden Handflächen sein wirres Haar zurück.

»Das ist eine Lüge, die sich leicht widerlegen lässt. – Hier, schauen Sie sich mein Handy an. Sie werden keine ausgehenden Anrufe an Lotta finden, jedenfalls nicht während der letzten paar Wochen.«

Roland nahm den Apparat entgegen.

»Warum haben Sie denn nicht versucht, Ihre Freundin telefonisch zu erreichen? Wir wissen, dass Sie auf der Suche nach ihr waren. Wenn ich jemanden finden will, würde meine erste Aktion in einem Anruf bestehen.«

»Normalerweise würde ich Ihnen zustimmen«, erwiderte der Verdächtige. »Ich befürchtete aber, dass diese Verrückten Lotta ihr Telefon abgenommen hatten. Ein Kontaktversuch meinerseits wäre für sie nur eine Warnung gewesen.«

Antje runzelte die Stirn.

»Wen meinen Sie mit *diesen Verrückten*?«

»Stolte und seine Handlanger natürlich«, entgegnete Seiler so empört, als ob die Inselpolizistin etwas Selbstverständliches infrage stellen wollte.

Roland checkte die Anrufliste.

»Im Handy-Telefonverzeichnis steht Lottas Name, die Nummer wurde aber wirklich seit dreizehn Tagen nicht mehr angerufen.«

»Für eine junge Liebe ist das eine lange Zeit«, stellte Antje trocken fest.

Seiler begann damit, in dem kleinen Pensionszimmer auf und ab zu gehen. Einerseits machte er die Inselpolizistin damit nervös, andererseits half ihm die Bewegung gewiss dabei, seinen Kreislauf wieder in Schwung zu bringen.

Antje führte sich vor Augen, dass Stolte bereits zweimal die Unwahrheit gesagt hatte: Er und die übrigen Ferienhaus-Bewohner waren vermutlich keine Vogelkundler, und Lotta hatte in den letzten Tagen nicht eine Vielzahl von Seilers Anrufen erhalten. Trotzdem konnte der junge Mann sie auf dem Gewissen haben. Und was war mit Stolte? Hatte Lotta ihn anzeigen wollen, als sie auf der Polizeistation von den »Lügen« sprach?

»Sie haben Stolte als Scharlatan bezeichnet«, erinnerte Roland. »Wie meinen Sie das? Ist er eine Art Wunderheiler?«

»Ich weiß nicht, was er treibt«, gestand Seiler. »Fest steht, dass dieser Kerl ein großer Geheimniskrämer ist. Wenn ich nur wüsste, warum er Macht über meine Freundin hatte! Sie ist bei Nacht und Nebel nach Juist gefahren, ohne mir Bescheid zu geben. Wahrscheinlich hat Stolte es ihr verboten. Wenn Lotta nicht zufällig eine Bekannte am Bahnhof getroffen hätte, wäre mir die Verfolgung gar nicht möglich gewesen. Sie ließ in einem Nebensatz die Bemerkung fallen, dass sie auf die Insel fahren wollte und noch niemals hier gewesen wäre. Da begriff ich, dass Stolte sie fest in seinen Klauen hatte.«

»Woher kannte Lotta diesen Mann eigentlich?«, wollte Antje wissen.

Seiler antwortete: »Stolte war ihr Geschichtslehrer. Es ist nun schon ein paar Jahre her, seit meine Freundin Abitur gemacht hat. Der Kerl müsste inzwischen pensioniert sein, er war damals schon ziemlich alt.«

»Also kennen Sie Stolte persönlich?«

»Ja, aber nur flüchtig. Ich mag ihn nicht, und das beruht auf Gegenseitigkeit.«

»Sind Sie eifersüchtig?«, fragte der Kommissar direkt.

»Lotta würde sich niemals mit so einem alten Knochen einlassen«, behauptete Seiler. Aber es klang nicht so, als ob er seinen eigenen Worten glauben würde.

»Was machen Sie eigentlich beruflich?«, forschte die Inselpolizistin.

»Ich bin Mechatroniker und arbeite in der Werkstatt meines Vaters mit, werde sie später übernehmen«, antwortete er.

»Dann kennen Sie sich ja mit Motoren aus«, stellte sie fest. Natürlich war eine Yacht kein Auto, aber ein Mann mit Seilers technischem Verständnis konnte garantiert auch einen Bootsmotor zum Laufen bringen. Und zwar ohne einen Zündschlüssel.

»Natürlich, das ist mein Job. Warum fragen Sie danach? Haben Sie mich im Verdacht? Wollen Sie nicht lieber Stolte verhaften? Oder können Sie ihm nichts nachweisen?«

Seiler stellte diese Fragen nicht aggressiv. Obwohl er noch mitgenommen wirkte, konzentrierte er sich nun ganz auf die Schuldfrage. Antje hatte solche Reaktionen bei Angehörigen von Todesopfern schon öfter erlebt. Die Trauer kam oft erst später, dafür dann aber mit voller Wucht.

»Noch wissen wir nicht, ob Ihre Freundin einem Verbrechen zum Opfer gefallen ist«, machte Roland deutlich. »Warum sind Sie nicht zur Polizei gegangen, wenn Sie Lotta in Gefahr glaubten? Es ist unsere Aufgabe, in solchen Situationen zu helfen.«

Der junge Mann breitete die Arme aus.

»Es gab nichts Handfestes, das ich Stolte vorwerfen konnte. Wenn Sie zu ihm gegangen wären, hätte er etwas von einem harmlosen Urlaub gefaselt. Und Lotta hätte genickt und zu allem Ja und Amen gesagt, genau wie seine anderen Marionetten.«

»Das klingt für mich so, als ob Ihre Freundin keinen eigenen Willen mehr gehabt hätte«, sagte Antje. »Trotzdem können Sie uns nicht sagen, aus welchem Grund Stolte angeblich Macht über sie hatte.«

»Wenn ich es wüsste, würde ich es Ihnen sofort verraten«, behauptete Seiler und stieß einen langen Seufzer aus. Die Kommissarin wusste nicht, was sie von den Behauptungen über Stolte halten sollte. Sie versuchte, mehr Fakten zu sammeln. Es gab ja auch noch eine traurige Pflicht, die sie erfüllen musste.

»Haben Sie eine Telefonnummer von Lottas Eltern, Herr Seiler?«

»Ja, die kann ich Ihnen geben. Das heißt, eigentlich gibt es nur ihre Mutter. Der Vater hat sich vor vielen Jahren aus dem Staub gemacht, soweit ich weiß.«

Er griff nach seinem Smartphone und diktierte der Inselkommissarin eine Zahlenfolge.

»Gut, ich werde die Mutter so bald wie möglich verständigen. – Was haben Sie getan, nachdem Sie auf Juist angekommen sind?«, fragte sie.

»Ich hatte mir telefonisch schon dieses Zimmer reserviert«, antwortete Seiler. »Als ich mir bei der Touristinformation die Töwercard geholt habe, fragte ich dort nach Lottas Ferienadresse. Aber es hieß, dass solche Informationen aus Datenschutzgründen nicht weitergegeben werden durften. Das hatte ich schon befürchtet. Aber Juist ist ja keine allzu große Insel, nicht wahr? Ich hoffte, Lotta entweder irgendwo zufällig treffen zu können oder ihr Quartier zu finden, wenn ich mich hier umschaue.«

»Was haben Sie am gestrigen Tag getan?«, wollte Roland wissen.

»Ich klapperte die Lokale auf der Strandpromenade ab und erkundigte mich dort nach Lotta. Außerdem erfuhr ich von der großen Party, die Plakate waren ja nicht zu übersehen. Ich ging abends dorthin, weil ich hoffte, meiner Freundin über den Weg zu laufen. Aber ich erblickte sie nirgendwo. Wahrscheinlich hat Stolte ihr verboten, dorthin zu gehen.«

Antje schüttelte den Kopf.

»Lotta war abends am Strand, ich habe sie selbst gesehen.«

Die Kommissarin war sich unschlüssig darüber gewesen, ob sie Seiler diese Information geben sollte. Sie tat es, um seine Reaktion zu testen. Er wirkte zuerst überrascht, dann wütend.

»Warum haben Sie meine Freundin nicht beschützt?«, rief er.

»Lotta schien in dem Moment nicht in Gefahr zu sein«, erwiderte Antje wahrheitsgemäß.

»Jetzt ist sie jedenfalls tot.«

Seilers Stimme klang vorwurfsvoll.

»Was haben Sie während des Strandfests eigentlich getan?«, wollte Roland wissen.

»Ich habe meine Freundin gesucht, was sonst?«

»Diese Tätigkeit muss bei Ihnen großen Durst verursacht haben«, sagte Antjes Kollege. »Ich wette, dass Sie momentan noch einen messbaren Restalkoholgehalt im Blut haben.«

»Ich weiß selbst, dass ich total verkatert bin«, knurrte der junge Mann. »Nachdem ich den ganzen Tag lang vergeblich nach meiner Freundin gesucht habe, wollte ich meinen Frust herunterspülen.«

Ob das der wahre Grund für Seilers Alkoholkonsum war? Oder suchte er Trost bei der Flasche, nachdem er seine Freundin mit einem Gewicht am Fuß in die Nordsee geworfen hatte?

»Gibt es Zeugen, die Sie bei dem Fest gesehen haben?«, fragte Roland.

»Da sind doch Hunderte von Menschen gewesen, aber ich kenne auf Juist keine Menschenseele«, gab der junge Mann zurück. »Verdächtigen Sie etwa mich? Das ist Schwachsinn, Lotta und ich haben uns geliebt. Stolte ist der Mann, den Sie aus dem Verkehr ziehen müssen. Wenn Sie es nicht tun, dann kümmere ich mich um ihn.«

»Das will ich überhört haben!«, sagte Antje scharf. »Wir dulden auf dieser Insel keine Selbstjustiz. Überlassen Sie die Strafverfolgung gefälligst der Polizei. Wenn Sie uns unterstützen wollen, dann sagen Sie uns alles, was Sie über Stolte wissen.«

»Ich halte keine Informationen zurück, ehrlich«, beteuerte Seiler. »Der Typ ist undurchschaubar, jedenfalls für mich. Vielleicht kriegen Sie mehr aus ihm heraus, wenn Sie ihn richtig durch die Mangel drehen.«

Antje ging nicht darauf ein. Stattdessen fragte sie: »Was haben diese Siegelringe zu bedeuten, die Stolte und seine Freunde tragen?«

Der junge Mann warf ihr einen verständnislosen Blick zu. »Von Siegelringen weiß ich nichts.«

Die Inselpolizistin war nicht sicher, ob sie ihm glauben konnte.

Kapitel 6

»Ich hoffe nur, dass Seiler keine Dummheiten macht.«

Diesen Satz gab Roland von sich, als die beiden die Pension Graf Luckner verlassen hatten und wieder Richtung Ortsmitte fuhren.

»Wir haben ihn ermahnt, mehr ist momentan nicht möglich«, stellte Antje fest.

»Was hältst du davon, wenn wir uns am Yachthafen umhören?«, schlug ihr Kollege vor. »Wenn Lotta wirklich auf offener See ertränkt wurde, hat der Täter dafür ein Boot benötigt.«

»Ja, das sollten wir tun. Und danach versuchen wir, möglichst viel über Stolte herauszubekommen.«

»Du hältst ihn für verdächtig, was Lottas Tod angeht?«

Antje nickte und sagte: »Ich kann es nicht ausstehen, wenn man mich belügt. Stolte hat etwas zu verbergen, das wir als Polizisten nicht erfahren sollen. Es muss einen Grund dafür geben, dass diese Leute sich als Vogelfreunde ausgeben.«

»Es hat einen Vorteil, wenn sie alle dasselbe Geheimnis teilen«, sagte Roland.

»Wie meinst du das?«

»Es reicht, wenn einer von ihnen mit der Wahrheit herausrückt«, erwiderte der Kommissar. Seine Kollegin fragte sich, ob diese Einschätzung nicht zu optimistisch war. Aber solange die beiden so wenig über das Opfer und ein mögliches Motiv wussten, behielt sie ihre Meinung lieber für sich.

In dem schönen kleinen Yachthafen der Insel gab es genügend Liegeplätze für Wasserfahrzeuge. Ein prägnantes Seezeichen stand an der Einfahrt zum Gemeindehafen Juist, auf dessen einer Seite die Fähren anlegten, während der andere Teil der Sportschifffahrt vorbehalten war.

Die Inselpolizisten ließen ihre Fahrräder neben dem Parkplatz für die Wippen zurück und machten sich daran, die Segler zu befragen. Antje liebte die Atmosphäre – das Schwojen der weißen Bootsrümpfe, das Knarren des Tauwerks und das Kreischen der Möwen über den Mastspitzen. Sie kannte viele Skipper persönlich, weil ihre Yachten seit vielen Jahren in diesem Hafen lagen. Bei dem herrlichen Sommerwetter befanden sich natürlich viele Boote auf See, und einige Wassersportler rüsteten sich bereits für eine Segeltour. Die Inselpolizisten sprachen mit einigen Seglern und zeigten ihnen ein Foto von Lotta Dolke. Doch keiner von ihnen konnte sich daran erinnern, die junge Frau schon einmal gesehen zu haben. Und es gab auch niemanden unter ihnen, der sein Boot in der fraglichen Nacht verliehen hätte.

»Die Leute sind vertrauenswürdig«, sagte Antje zu ihrem Kollegen, nachdem sie ein weiteres erfolgloses Gespräch geführt hatten. »Vielleicht ist ja der Hafenmeister inzwischen da, er wird uns genaue Auskunft geben können.«

Dessen Büro war nämlich unbesetzt gewesen, als die beiden angekommen waren. Nun kehrte er zurück und schloss die Tür auf. Er nickte den Inselpolizisten freundlich zu und sagte: »Moin, was kann ich für euch tun? Hat es wirklich einen Mord gegeben? Die Bürgermeisterin deutete so etwas an, als ich sie gerade traf.«

Antje musste sich nicht fragen, wo die Amtsträgerin dieses Gerücht aufgeschnappt hatte. Obwohl Inselfriesen nicht als Plaudertaschen bekannt waren, verbreiteten sich Neuigkeiten mit bemerkenswerter Geschwindigkeit. Das hatte schon vor Erfindung des Internets gut funktioniert, wie die Kommissarin von ihrem Vater wusste.

»Es gibt einen ungeklärten Todesfall«, sagte Antje zu dem Hafenmeister und zeigte ihm das Bild von Lotta. »Hast du diese junge Frau schon einmal gesehen?«

Er schüttelte den Kopf. Schnell stellte sich heraus, dass in der fraglichen Nacht kein Boot in den Hafen eingelaufen war. Und es gab keine Yacht, die Juist verlassen hatte. Die beiden bedankten sich für die Information und machten sich auf den Rückweg zur Polizeistation.

»Ob ich mit meiner Annahme völlig falschliege?«, dachte Antje laut nach. »Womöglich hatte ich Tomaten auf den Augen, und die Abschürfungen am Fußgelenk der Leiche stammen gar nicht von einem Seil.«

»Warum glaubst du, dass du dich irrst?«, widersprach Roland und fuhr fort: »Die Yacht, mit der Lotta aufs offene Meer geschafft wurde, muss ja nicht den hiesigen Anlegeplatz verlassen haben. Bis nach Norderney, nach Borkum oder sogar zum Festland ist es nicht allzu weit. Ich stelle es mir so vor: Der Mörder lockt Lotta unter einem Vorwand zum Strand. Vielleicht verspricht er ihr eine romantische Mondscheintour, was weiß ich. Wegen der Party sind die meisten Einheimischen und Touristen auf dem Gelände beim Ostbad, ansonsten ist der Strand verwaist. Es ist also problemlos möglich, mit einem Schlauchboot unbemerkt an einer einsamen Stelle Juist zu erreichen. Lotta steigt zu ihrem späteren Mörder und dessen Komplizen ins Boot. Sie fahren zur Yacht, die auf Reede vor Anker gegangen ist. Dort angekommen wird das Opfer womöglich betäubt, denn ihr Körper weist keine Spuren von Gewaltanwendung auf. Nun müssen die Verbrecher ihr nur noch ein Gewicht an das Gelenk binden und sie ins Meer werfen. Das wäre ein perfekter Plan gewesen, wenn sie einen guten Knoten gemacht hätten. Außerdem konnten sie garantiert nicht wissen, dass die Strömung den Leichnam auf den Strand treiben würde.«

»Ja, so könnte es gewesen sein«, stimmte die Kommissarin zu. »Und dein Hinweis auf die Strömungsverhältnisse spricht gegen einen einheimischen Täter. Juister wissen über die tückischen Gewässer rund um die Insel Bescheid.«

Roland nickte.

»Dann sollten wir mit den Kollegen auf den anderen Inseln und in Norddeich Kontakt aufnehmen, außerdem mit der Küstenwache«, schlug er vor. Während ihres Gesprächs hatten sie die Dienststelle erreicht. Da die Telefonnummer von Lottas Mutter eine Hannoveraner Vorwahl hatte, nahm Antje Kontakt mit dem Polizeipräsidium der Landeshauptstadt auf. Sie bat darum, dass ein Beamter die Todesnachricht persönlich überbrachte. Außerdem musste die Tote im gerichtsmedizinischen Institut Oldenburg offiziell identifiziert werden.

»Die Mutter soll mich bitte anrufen, sobald sie sich dazu in der Lage fühlt«, sagte die Inselpolizistin am Telefon zu ihrer Kollegin in Hannover. Sie fügte hinzu: »Es sind nämlich noch viele Fragen offen.«

»Das kann man wohl sagen«, meinte Roland, nachdem Antje den Hörer aufgelegt hatte. »Wo hat Lotta sich umgezogen? In ihrem Zimmer im Ferienhaus? Oder trug sie den Bikini schon unter ihrer Kleidung und hat irgendwo am Strand die Hüllen fallengelassen?«

»Ja, dieser Punkt ist mir auch unklar«, sagte die Kommissarin. »Das passt doch alles nicht zusammen. Lotta stürmt aufgeregt in die Wache und will wegen einer Lüge Strafanzeige stellen. Am nächsten Morgen finden wir ihre Leiche, nur mit Badezeug bekleidet. Würde sie sich in so knapper Aufmachung vor Menschen gezeigt haben, die sie fürchtete?«

»Womöglich wurde das Opfer von jemandem in die Falle gelockt, dem sie vertraute«, gab Roland zurück. »Da fällt mir als erste Person natürlich Seiler ein.«

»Vor dem hat sich Lotta laut Stolte gefürchtet, doch der alte Knabe hat sich ja bereits selbst als Lügner entlarvt«, erwiderte Antje. Die Inselpolizisten telefonierten nun die Dienststellen auf den anderen Inseln ab und nahmen außerdem Kontakt mit der Küstenwache auf, die zur Bundespolizei gehört. Sie erkundigten sich nach Yachten oder anderen Wasserfahrzeugen, die in der Tatnacht Kurs auf Juist genommen hatten.

»Ich habe übrigens gerade mal nebenbei die Profile von Stolte und seinen Mitbewohnern in den sozialen Medien gecheckt«, sagte der Kommissar. »Nichts deutet darauf hin, dass auch nur einer von ihnen ein Hobby-Ornithologe ist. Diese Vogelgeschichte ist offenbar wirklich nur eine faule Ausrede.«

»Der beste Weg, um sich verdächtig zu machen«, erwiderte seine Kollegin.

Danach wollten Antje und Roland zum Ferienhaus zurückkehren, um Lottas Zimmer zu durchsuchen und die Befragung der übrigen Bewohner fortzusetzen. Zuvor legten sie noch einen kurzen Zwischenstopp bei *Frankies Grill* in der Strandstraße ein. In dem gemütlichen Imbiss ließ die Kommissarin sich die Linsensuppe schmecken, während ihr Kollege einen riesigen Cheeseburger vertilgte. Während des Essens sprachen sie nicht über den Fall, weil das kleine Lokal gut besetzt war und sich zahlreiche Urlauber in Hörweite befanden. Als die beiden gezahlt hatten und wieder in den Sonnenschein hinaustraten, wurden sie von der Bürgermeisterin erwartet.

Die zierliche Blondine hatte ihre Fäuste in die Hüften gestemmt und schaute die Inselpolizisten vorwurfsvoll an.

»Wann genau wollten Sie mir mitteilen, dass auf meiner Insel ein Mörder frei herumläuft?«, fauchte Silke Meester. Immerhin hatte sie ihre Lautstärke gedämpft. Nach Meinung der Amtsträgerin gab es nämlich nur eines, was noch schlimmer war als ein Verbrechen auf Juist: Wenn nämlich die Touristen von einer Straftat auf der Insel erfuhren.

»Da wir noch nicht wissen, ob überhaupt ein Tötungsdelikt vorliegt, halten wir lieber die Füße still«, sagte Roland mit einem charmanten Lächeln. »Das ist übrigens ein hübscher Blazer, Frau Bürgermeisterin.«

»Vielen Dank«, murmelte Silke Meester, der durch die Freundlichkeit des Kommissars ein wenig der Wind aus den Segeln genommen wurde. »Ich hoffe nur, dass es sich wirklich um einen bedauerlichen Unglücksfall handelt.«

»Wir stecken gerade bis zum Hals in den Ermittlungen«, beteuerte er und warf der Bürgermeisterin einen treuherzigen Blick zu.

»Wenn das so ist, dann lassen Sie sich nicht aufhalten«, murmelte die Amtsträgerin.

Die Inselpolizisten fuhren los. Antje wartete, bis sie außer Hörweite waren. Dann äffte sie ihren Kollegen nach: »*Wir stecken gerade bis zum Hals in den Ermittlungen* – die Meester hast du ja schön um den Finger gewickelt!«

»Immerhin geht sie uns jetzt nicht mehr auf den Wecker. Man könnte glauben, du wärst eifersüchtig.«

»Eifersüchtig, wegen unserer Bürgermeisterin? Die ist doch mit Juist verheiratet. Zugegeben, du bist ein attraktiver Mann ...«

»Das höre ich öfter«, gab Roland grinsend zurück.

»... aber es soll ja Frauen geben, für die Hirn mehr zählt als ein schönes Gesicht«, vollendete Antje ihren Satz.

»Danke, dass du mich für einen Dummbeutel hältst.«

Der Kommissar klang nun schon weitaus weniger selbstbewusst. Daraufhin begann seine Kollegin laut zu lachen.

»Du merkst immer noch nicht, wenn ich dich auf den Arm nehme, oder?«

»Nee, Antje. Und das macht auch nichts. Die Hauptsache ist doch, dass wir das Rätsel um Lotta lösen, oder?«

Da konnte die Inselpolizistin nur zustimmen. Sie sagte: »Lass uns zuerst ihr Zimmer durchsuchen. Womöglich finden wir Hinweise, die uns bei der Aufklärung des Falls helfen können.«

»Ja, und danach nehmen wir uns die anderen Bewohner zur Brust«, meinte Roland.

Doch als sie das Ferienhaus erreichten, war nur Stolte anwesend.

»Wo sind denn die übrigen Personen?«, fragte die Kommissarin. Der angebliche Vogelfreund lächelte entschuldigend und antwortete: »Die jungen Leute waren durch Lottas Tod sehr mitgenommen. Sie wollten hinaus in die Natur und sich durch Vogelbeobachtung ablenken.«

Antje warf ihm einen kalten Blick zu.

»Und Sie sind angesichts der Ereignisse nicht aufgewühlt, Herr Stolte?«

»Wir alle haben uns mit Lotta gut verstanden, ihr Ende ist ein schrecklicher Verlust für die ganze Gruppe. Doch in reiferem Alter hat man gelernt, mit solchen Situationen besser umzugehen.«

Die Inselpolizistin musste Stolte zugestehen, dass er sehr überzeugend auftreten konnte. Wenn er sich nicht durch seine plumpe Lüge selbst belastet hätte, wäre sie ihm wahrscheinlich auf den Leim gegangen. Er wirkte wie ein vertrauenerweckender älterer Herr.

»Wir möchten Lottas Zimmer sehen«, forderte Roland.

»Selbstverständlich, Herr Witte. Wenn Sie beide mir bitte folgen würden?«

Die weiß gestrichene Treppe zum Obergeschoss war steil, aber Stolte stieg agil die Stufen hinauf. Er war fit. Im ersten Stockwerk roch es nach Sonnenöl und Putzmitteln – eine Mischung, die Antje in Urlauberunterkünften schon oft begegnet war. Doch hier bekam der Duft nach einer

Reinigungssubstanz noch eine andere Bedeutung: Wenn nun die Spuren eines Kampfs beseitigt werden sollten?

Stolte blieb vor einer Tür stehen, zeigte auf sie.

»Hier ist es.«

»Ist die Tür abgeschlossen?«, forschte Antje.

»Das weiß ich nicht, Frau Fedder. Ich schaue nicht in fremde Zimmer.«

Ein anderer Verdächtiger hätte diesen Satz womöglich mit einem breiten Grinsen auf den Lippen von sich gegeben. Aber so schätzte die Kommissarin Stolte nicht ein. Er wollte die Maske des Biedermanns offenbar um keinen Preis abstreifen. Doch Antje war hundertprozentig sicher, dass Stolte etwas Wichtiges zu verbergen hatte. Sie musste nur noch herausfinden, was es war.

»Ich gehe wieder hinunter, damit Sie in Ruhe arbeiten können«, sagte der Verdächtige. »Rufen Sie mich bitte, falls Sie etwas brauchen.«

Er stieg die Treppe wieder hinab. Die Inselpolizisten streiften sich Latexhandschuhe über. Als Stolte unten angekommen war, stieß Antje die Zimmertür auf. Sie hätte selbst nicht sagen können, was sie erwartet hatte. Ein unbeschreibliches Chaos oder mehrere blutige Kleidungsstücke? Stattdessen erblickte sie einen modern eingerichteten Raum, wie man ihn in einer gut geführten Fremdenpension auf Juist erwarten konnte. Eine Vase mit Strohblumen und mehrere gerahmte Bilder mit Seestücken schufen eine wohnliche Atmosphäre. Die Möbel bestanden aus hellem Holz. Das Bett war gemacht. Auf dem Nachtschrank lag ein Smartphone, es war noch an das Ladekabel angeschlossen. Antje nahm das Gerät in die Hand und versuchte, es zu aktivieren.

»Das Telefon muss mit Lottas Fingerabdruck entsperrt werden«, stellte sie seufzend fest. Roland, der gerade die Schubladen des Kleiderschranks durchsuchte, blickte auf.

»Wir schicken das Handy zum Landeskriminalamt, die Spezialisten dort werden die Dateien öffnen können«, meinte er. Seine Kollegin nickte. Sie entdeckte im unteren Fach des Nachtschranks eine Handtasche, die Lottas Personalausweis, ihre EC-Karte, Krankenkassenkarte und andere wichtige Dokumente enthielt. Sie musste alles zurückgelassen haben, als sie das Ferienhaus zum letzten Mal verlassen hatte. Die Inselpolizistin erinnerte sich, dass die junge Frau bei ihrem Besuch der Polizeistation diese Tasche bei sich gehabt hatte.

Roland öffnete den Kleiderschrank. Darin war ein leerer Koffer, die Kleider und Wäsche hatte Lotta offenbar ordentlich in die Fächer sortiert oder auf Bügel gehängt. Die Kommissarin versuchte sich zu erinnern, welche Kleidung die Tote bei ihrer letzten Begegnung getragen hatte. Bei dem Strandfest bestand ja nur ein ganz kurzer Blickkontakt. Antje glaubte, dass Lotta mit einem schwarzen T-Shirt und einer grünen Strickjacke bekleidet gewesen war. Ob ihre Beine in einer Hose oder einem Rock steckten, war inmitten des Menschengewühls nicht zu erkennen gewesen.

»Roland, gibt es dort ein schwarzes T-Shirt oder eine grüne Strickjacke?«

Der Kommissar schaute noch einmal die Textilien durch, dann schüttelte er den Kopf.

»Nein, wie kommst du darauf?«

Antje berichtete von ihrer Beobachtung und fügte hinzu: »Die Kleidung, die Lotta vor ihrem Tod trug, fehlt. Also wird sie die Sachen irgendwo abgelegt haben. Natürlich ist es auch möglich, dass der Mörder alle Beweisstücke entsorgt hat.«

»Also stieg Lotta nur mit dem Bikini bekleidet in ein Beiboot, um sich zu einer Yacht bringen zu lassen?«, dachte Roland laut nach. »Und ihre Handtasche ließ sie im Ferienhaus zurück? Ich hatte immer angenommen, Frauen wären ohne ein solches Accessoire irgendwie unvollständig.«

»Das ist ein Vorurteil«, behauptete die Inselpolizistin und schaute sich das schmale Bücherregal über dem Bett näher an. Dort standen einige Bände, wie man sie in einem Ferienhaus auf Juist erwarten konnte – Ostfriesenkrimis und heitere Liebesromane, die an der Küste spielten. Ein Buch fiel allerdings aus dem Rahmen. Es handelte sich um ein mindestens hundert Jahre altes Lexikon, das mit einem Lesezeichen versehen war. Antje legte es auf das Bett und schlug es auf. Die Doppelseite beinhaltete Begriffe, die von *Banff* (schottische Grafschaft) bis *Bapaume* (französische Stadt) reichten. Roland blickte ihr über die Schulter.

»Ach du Schande! Das ist ja Frakturschrift!«, stieß er hervor. Seine Kollegin hob die Augenbrauen.

»Kannst du die Buchstaben etwa nicht lesen?«

»Da muss ich wohl in der Polizeischule gefehlt haben. – Warum schmökert eine junge Frau des einundzwanzigsten Jahrhunderts in so einer alten Schwarte?«

»Ich wollte das Lexikon nicht von vorn bis hinten durchlesen, aber diese Doppelseite schaue ich mir später genauer an«, sagte Antje. Sie nahm ihr eigenes Smartphone zur Hand und fotografierte die beiden Seiten ab. Dann stellte sie das Lexikon wieder an seinen Platz zurück.

Die Inselpolizisten verließen das Zimmer und brachten an der Tür ein amtliches Siegel an. Womöglich würde es später nötig sein, den Raum genauer zu durchsuchen. Antje wollte auf jeden Fall verhindern, dass die anderen Bewohner des Ferienhauses Gegenstände verschwinden ließen – falls das nicht ohnehin schon geschehen war. Das Smartphone der Toten nahm die Kommissarin mit, um es kriminaltechnisch untersuchen zu lassen. Es war möglich, dass sie mit ihrem späteren Mörder in Kontakt gestanden hatte.

Als die beiden ins Erdgeschoss zurückkehrten, stand Stolte in der Küche. Er zog gerade sein T-Shirt aus.

Ein Sonnenanbeter ist er nicht, dachte Antje, während sie die blasse Haut seines Oberkörpers betrachtete. Laut sagte sie: »Stören wir?«

Stolte drehte sich zu den Ermittlern und lächelte.

»Nein, ich war nur gerade etwas tollpatschig. Ich habe mein T-Shirt mit Erdbeermarmelade bekleckert, sehen Sie nur.«

Er hielt das weiße Kleidungsstück hoch, das wirklich von einem fruchtig duftenden roten Fleck verunziert wurde.

»Sind Sie nervös?«, fragte die Kommissarin.

»Dafür gibt es nicht den geringsten Grund«, erwiderte er und hielt ihrem Blick stand. Stolte war ihrer Ansicht nach aalglatt. Die Frage lautete nur, ob ihm das längerfristig etwas nützen würde. Roland ließ sich von Stolte die Telefonnummern der übrigen Bewohner geben. Die Inselpolizisten mussten die Personen erreichen können, um sie später zu befragen.

»Sagen Sie Frau Koppel, Frau Schröder und Herrn Tiemann, dass sie sich zu unserer Verfügung halten sollen«, trug Antje dem Verdächtigen zum Abschied auf.

»Selbstverständlich, Frau Fedder«, lautete die Antwort.

Roland bemerkte, dass seine Kollegin ihr Rad nicht in Richtung Carl-Stegmann-Straße lenkte.

»Wo soll es denn hingehen?«, wollte Roland wissen.

»Mir ist eingefallen, dass bald eine Maschine Richtung Festland startet. Wir können dem Inselflieger das Smartphone mitgeben, damit es möglichst bald beim Landeskriminalamt landet. Ich möchte zu gern wissen, was für Einträge Lotta in ihrem Telefon hatte.«

»Ja, ich bin auch sehr gespannt, Antje.«

Die Inselpolizisten machten sich auf den Weg. Von der Deichstraße bis zum Flugplatz waren es mit dem Fahrrad nur gut zehn Minuten. Obwohl sie Gegenwind hatten, kamen sie auf der schmalen Straße zwischen den Dünen gut voran. Die Kommissarin hatte mit ihrer Einschätzung recht behalten. Die Propellermaschine wurde bereits für den Start klargemacht. Der Pilot versprach, das Smartphone in Norddeich sofort an die Polizei weiterzugeben.

»Wir sollten uns die drei übrigen Bewohner des Ferienhauses einzeln vorknöpfen«, meinte Roland, als sie auf dem Rückweg waren. »Einer von ihnen wird sich schon verplappern. Ich schätze, dass sie alle unter einer Decke stecken.«

»Ja, das sehe ich genauso. – Hey, ist das nicht Paula Koppel?«

Die Kommissarin bremste ihr Fahrrad ab, während sie auf eine blonde Frau in Shorts und T-Shirt deutete, die vor ihnen ging. Sie hatte die Beamten nicht bemerkt, da sie hinter ihr fuhren.

»Ich möchte zu gern wissen, wohin sie will«, sagte Roland leise. »Vor allem, da sie einen Spaten dabeihat. Aus dem Alter, in dem man gern Sandburgen baut, müsste sie eigentlich heraus sein.«

»Wir heften uns an ihre Fersen«, schlug Antje vor. Sie stieg vom Rad, ihr Kollege folgte ihrem Beispiel. Die Kommissare schoben nun ihre Diensträder, damit der Abstand zu Paula Koppel weit genug blieb. Die junge Frau bog schon bald von der Flugplatzstraße ab.

»Da geht es zum Dünenfriedhof!«, stellte Roland fest. »Will die eine Leiche ausbuddeln?«

Das war eine gute Frage, wie die Inselpolizistin fand. Auch sie konnte sich keinen Reim auf Paula Koppels Verhalten machen. Der kleine Gottesacker abseits der Straße war durch die Gründünen der Umgebung vor Blicken aus Richtung Straße geschützt. Die meisten Touristen wussten gar nicht, dass es diesen Friedhof überhaupt gab. Und die

Einheimischen kamen nur hierher, um ein Grab zu pflegen oder wenn eine Beerdigung anstand. So gesehen konnte Paula Koppel tagsüber dort graben, ohne sich vor einer Entdeckung fürchten zu müssen.

Nun öffnete sie das eiserne Tor und ging hinein.

Antje und Roland ließen ihre Räder ins Dünengras sinken, warteten noch einen Moment und folgten ihr. Die Inselpolizistin wusste, dass ihr Kollege noch nicht oft hier gewesen war. Sie selbst kannte das Gelände gut, immerhin lagen hier ihre Großeltern und die Fedders noch weiter zurückliegender Generationen begraben. Es dauerte nicht lange, bis sie Paula Koppel fanden. Die junge Frau hatte tatsächlich im ältesten Teil des Friedhofs zu graben begonnen.

Antje fühlte, wie die Wut in ihr aufstieg. Doch sie war durch und durch Inselfriesin. Das Temperament würde nicht mit ihr durchgehen.

»Suchen Sie etwas Bestimmtes, Frau Koppel?«, rief sie.

Die Verdächtige zuckte zusammen und ließ die Schaufel fallen. Sie starrte die Ermittler an, als ob sie zwei Geister sehen würde.

»Was tun Sie denn hier?«, stammelte sie.

»Dieselbe Frage stellen wir Ihnen«, sagte Roland. »Ist Ihnen bewusst, dass Störung der Totenruhe ein Straftatbestand ist?«

»Ich wollte doch keine Leiche ausgraben«, behauptete die junge Frau. Antje trat näher. Tatsächlich hatte sie den Spaten nicht unmittelbar über einer Grabstelle in die Erde getrieben, sondern sich ein kleines freies Stück zwischen zwei jahrhundertealten Ruhestätten ausgesucht. Nun erkannte Antje ihren Irrtum.

»Es stimmt, Sie wollten nichts ausbuddeln, sondern etwas verschwinden lassen«, sagte die Inselpolizistin. Im nächsten Moment griff sie blitzschnell in die Tasche von Paula

Koppels Sweatjacke. Antje zog eine schwere Kette mit einem Anhänger hervor.

»Geben Sie mir das zurück!«, fauchte die junge Frau. Die Kommissarin bemerkte aus dem Augenwinkel, dass Roland seine Muskeln anspannte. Falls Paula auf Antje losging, würde er sofort eingreifen. Doch die Verdächtige hielt sich zurück. Außerdem war die Inselpolizistin sicher, dass sie auch allein mit ihr fertiggeworden wäre.

»Ich will jetzt sofort wissen, was Sie hier tun«, forderte Roland. Paula Koppel verschränkte die Arme vor der Brust und hob trotzig das Kinn.

»Jetzt sage ich überhaupt nichts mehr«, gab sie patzig zurück.

»Wie Sie wollen«, sagte Antje. »Kommen Sie morgen um neun Uhr vormittags zur Polizeistation, dann reden wir in Ruhe miteinander. Bis dahin haben Sie Zeit, über Ihr Verhalten nachzudenken.«

Paula Koppel nickte. Als sie wieder den Mund öffnete, klang sie kleinlaut: »Ich möchte bitte meine Kette zurückbekommen.«

»Darüber reden wir ebenfalls morgen früh«, erwiderte Antje und tat den Schmuck in einen Beutel für Beweisstücke. »Sie können jetzt gehen, wenn Sie wollen.«

Die junge Frau bückte sich nach ihrem Spaten und verließ das Friedhofsgelände mit hängendem Kopf. In diesem Moment erinnerte sie an eine geschlagene Boxerin, wie die Kommissarin fand.

»Dieser Fall wird immer bizarrer«, meinte Roland, als die Verdächtige verschwunden war. »Fahren wir jetzt zum Ferienhaus, um den beiden anderen Bewohnern auf den Zahn zu fühlen?«

»Das können wir später immer noch tun, mein Lieber. Jetzt möchte ich mir erst einmal in Ruhe diese Kette und die

Lexikonseiten anschauen. Ich glaube nämlich, dass beides unsere Ermittlungen voranbringen kann.«

Die Inselpolizisten nahmen ihre Fahrräder und kehrten zur Dienststelle zurück. Dort widmeten sie sich zunächst dem Schmuck.

»Das Geschmeide ist doch mindestens ein paar Hundert Jahre alt«, meinte Roland. Antje hatte sich eine Lupe gegriffen und damit das Material genauer begutachtet. Sie schüttelte den Kopf und sagte: »Ich bin keine Schmuckexpertin, aber dieses Metall hat man mithilfe von Säure und Schmutz künstlich altern lassen. Es soll der Eindruck erweckt werden, dass diese Kette antik sei. Das ist aber nicht der Fall.«

Roland musterte die schweren Metallglieder und den Anhänger, der mit seltsamen Ornamenten bedeckt war. Er meinte: »Für mich sieht das Ding weniger nach wertvollem Schmuck als nach einem Symbol der Macht aus, so wie eine Bürgermeisterkette.«

Antje nickte.

»Ja, und zwar eine angebliche Antiquität.«

Ob es einen Zusammenhang zwischen diesem Objekt und der »Lüge« gab, von der Lotta Dolke gesprochen hatte?

Kapitel 7

»Es muss einen Grund dafür geben, dass Paula diese Kette in geweihter Erde vergraben wollte«, stellte der Kommissar fest. »Es gibt auf Juist genügend Abfalleimer, in denen man Müll loswerden kann. Sie hätte das Geschmeide auch einfach in die Nordsee werfen können, was sie aber nicht getan hat. Also hat das Ding einen gewissen Wert für sie.«

»Wir werden Paula eingehend nach der Kette befragen, wenn sie morgen hierher kommt«, erwiderte Antje. »Übrigens bin ich nicht sicher, ob wir sie wegen Störung der Totenruhe belangen können. Sie hat ja noch nicht einmal den Versuch gemacht, einen Leichnam zu berühren. Und meines Wissens ist es nicht strafbar, auf dem Friedhof ein kleines Loch zu graben.«

Roland zuckte mit den Schultern. Er hatte seinen Computer hochgefahren und tippte auf der Tastatur herum. Er sagte: »Mit etwas Glück hat die Androhung einer Strafverfolgung ausgereicht, um sie weichzukochen. Polizeilich ist die junge Dame jedenfalls noch niemals in Erscheinung getreten. Entweder hat sie eine weiße Weste oder sie wurde bisher einfach noch nicht erwischt.«

Die Inselpolizistin antwortete nicht. Sie hatte das Foto der Lexikon-Doppelseite auf ihrem PC geöffnet und vergrößert, um die Einträge besser lesen zu können.

»Ich frage mich, aus welchem Grund sich dort das Lesezeichen befand«, dachte Antje laut nach. »Womöglich verschwenden wir nur unsere Zeit. Eine polizeiliche Ermittlung ist ja kein Ratespiel, oder? Hier sind ganz unterschiedliche Namen und Begriffe, die mit B anfangen. Hat Lotta sich für den dänischen Dichter Herman *Bang* interessiert? Oder wollte sie wissen, was man unter *Bannrechten* versteht? Wir wissen bisher zu wenig über die

Tote, um … aber das hier könnte eine Spur sein, Roland: Ganz unten auf der zweiten Seite ist von *Bant* die Rede!«

Die Kommissarin hatte sich selbst unterbrochen. Ihr Pulsschlag beschleunigte sich. Sie überflog mehrmals hintereinander den kurzen Lexikoneintrag. Ihr Kollege kam zu ihr herüber und legte seine Hand auf ihre Schulter.

»Ich muss gestehen, dass Bant mir überhaupt nichts sagt, Antje.«

»Das ist keine Bildungslücke, denn Bant ist praktisch vergessen«, erwiderte sie. »Als gebürtige Juisterin kann ich mit dem Wort natürlich etwas anfangen. Bant heißt ein niederländisches Dorf, das auf dem Noordoostpolder gelegen ist. Doch hier im Lexikon ist von der untergegangenen Großinsel Bant die Rede.«

»Und wo war dieses Eiland?«, wollte Roland wissen. Antje deutete Richtung Boden.

»Genau hier! Manche Wissenschaftler vermuten, dass Juist sowie Memmert und Borkum Überreste dieser Großinsel sind. Unser Töwerland könnte bei der schlimmen Marcellusflut 1362 von Bant abgetrennt worden sein. Später wurde Bant völlig überflutet.«

Der Kommissar zuckte mit den Schultern.

»Für Historiker ist das gewiss ein spannendes Thema, aber warum sollte Lotta sich dafür begeistern? Wir haben in ihrem Zimmer keine Geschichtsbücher gefunden. Womöglich gehört ihr dieses Lexikon gar nicht. Die anderen Schmöker auf dem Regal sahen mir nach typischer Urlaubslektüre aus.«

Antje tippte mit ihrem Kugelschreiber rhythmisch auf die Tischplatte.

»Selbst wenn sich die junge Frau für die untergegangene Großinsel interessiert hat, kann ich daraus kein Mordmotiv ableiten«, meinte sie nachdenklich. »Womöglich verbeiße ich mich in eine Nebensächlichkeit. Das B des Siegelrings könnte für Bant stehen, oder? Aber falls das so sein sollte – weshalb betreiben Stolte und die übrigen Ferienhaus-Bewohner so eine Geheimniskrämerei und geben sich als Vogelfreunde aus? Heimatkunde ist schließlich kein Straftatbestand.«

»Wir müssen herausfinden, was genau Stolte & Co. vor uns verbergen«, sagte Roland. »Dieses Rätsel könnte die Antwort auf die Frage enthalten, warum Lotta sterben musste. Ich schätze, dass der Ex-Freund der Toten uns noch nicht alle Fakten auf den Tisch gelegt hat. Wir sollten uns Seiler noch einmal zur Brust nehmen.«

Bevor der Kommissar weiterreden konnte, klingelte das Telefon. Antje nahm den Hörer ab.

»Moin, hier ist die Polizei Juist. Mein Name ist Fedder. Was können wir für Sie tun?«

Da der Lautsprecher eingeschaltet war, konnte ihr Kollege das Gespräch mithören.

»Guten Tag, ich bin Oberkommissarin Rolfing vom Polizeipräsidium Hannover. Es geht um das Tötungsdelikt Lotta Dolke. Sie hatten darum gebeten, dass wir der Familie die Todesnachricht überbringen.«

»Ja, richtig.«

»Ich habe persönlich mit der Mutter des Opfers gesprochen«, fuhr die Hannoveranerin fort. »Maria Dolke war im ersten Moment geschockt, verlor aber nicht die Selbstbeherrschung. Sie ist eine erfolgreiche Geschäftsfrau und hat zweifellos gelernt, ihre Gefühle im Griff zu behalten.«

»Welcher genauen Tätigkeit geht die Mutter nach?«

»Sie hat eine Ausbildung als Goldschmiedin gemacht und verkauft hochwertigen Schmuck in einem eigenen Laden in bester Innenstadtlage«, erwiderte die Oberkommissarin. »Ich fragte Frau Dolke routinemäßig, ob sie einen Verdacht hätte. Sie verneinte, wobei ich ihr nicht glaubte. Immerhin konnte ich ihr die Information entlocken, dass ihre Tochter sechstausend Euro aus dem Firmensafe mitgenommen hat, als sie spurlos abtauchte.«

»Demnach wusste die Mutter nicht, dass Lotta sich auf Juist befand?«, vergewisserte Antje sich.

»Nein, Frau Fedder.«

Die Inselpolizistin überlegte kurz. Das Töwerland war kein preiswertes Urlaubsziel, aber man benötigte keineswegs mehrere Tausend Euro, um mit ein paar anderen Menschen gemeinsam für eine Woche ein Ferienhaus zu mieten. Den hohen Bargeldbetrag hatten die Ermittler weder in der Handtasche des Opfers noch irgendwo in ihrem Zimmer entdeckt. Oder war ihre Suche nicht gründlich genug gewesen?

»Sind Sie noch am Apparat?«, fragte Frau Rolfing.

»Ja, entschuldigen Sie bitte mein Schweigen. Könnten Sie mir die Telefonnummer der Mutter geben?«

»Selbstverständlich. Sie will noch heute Richtung Oldenburg aufbrechen, um im gerichtsmedizinischen Institut ihre Tochter offiziell zu identifizieren. Die Nummer lautet … «

Die Hannoveraner Kollegin diktierte eine Zahlenfolge. Antje bedankte sich und beendete das Telefonat. Dann legte sie den Hörer auf und schaute aus dem Fenster.

»Was gibt es dort draußen denn so Interessantes zu sehen?«, wollte der Kommissar wissen. »Pferdefuhrwerken begegnen wir doch jeden Tag.«

»Was du nicht sagst!«, gab sie mit einem Lächeln zurück. »Ich habe gerade versucht, in Gedanken ein paar Puzzleteile zusammenzusetzen. Sechstausend Euro sind nicht unbedingt eine Summe, wegen der man einen Menschen umbringt. Trotzdem sollten wir die Frage klären, wo das Geld abgeblieben ist.«

»Falls Lottas Tod wirklich Mord war, dann wird der Täter oder ein Komplize die Scheinchen an sich genommen haben«, meinte Roland. »Er oder sie kann nicht wissen, dass uns die Existenz dieses Geldes bekannt ist. Das können wir zu unserem Vorteil nutzen.«

»Ich bin gespannt, ob Paula Koppel morgen unserer Vorladung Folge leistet«, sagte Antje. Das Telefon klingelte erneut. Diesmal nahm der Inselpolizist das Gespräch entgegen.

»Moin, Sie sprechen mit der Polizei Juist. Mein Name ist Witte. Was können wir für Sie tun?«

Eine aufgeregte Frauenstimme erklang am anderen Ende der Leitung.

»Bitte kommen Sie sofort, Olaf Stolte wurde angegriffen. Er … er ist tot!«

***

Antjes Kollege behielt die Nerven.

»Nennen Sie mir bitte Ihren Namen. Wo befinden Sie sich? Ist der Täter auf der Flucht?«

»Ich bin Lia Schröder, wir haben uns kurz kennengelernt. Entschuldigen Sie, ich bin völlig durcheinander. Herr Stolte kam mit dem Schrecken davon, er musste den Angreifer in Notwehr töten. Ansgar Tiemann und ich sind Zeugen.«

»Sind Sie beim Ferienhaus?«, hakte Roland nach.

»Ja.«

»Bleiben Sie, wo Sie sind. Und verändern Sie am Tatort nichts. Meine Kollegin und ich kommen umgehend zu Ihnen.«

Er legte den Hörer auf und griff nach seiner Dienstmütze. Antje und Roland stürmten aus der Dienststelle und schwangen sich auf ihre Räder.

»So ein Mist!«, schimpfte die Kommissarin. »Wir hatten Seiler gewarnt, er sollte sich nicht an Stolte vergreifen. Ich wette, dass er es war, der den Alten attackiert hat.«

»Ja, der Vermutung schließe ich mich an«, erwiderte ihr Kollege. Sie erreichten das Ferienhaus in der Deichstraße in Rekordzeit. Lia Schröder stand vor dem Haus und winkte aufgeregt. Antje bremste und ließ ihr Rad zu Boden gleiten.

»Haben Sie schon einen Arzt verständigt?«, fragte sie.

»Nein, das ist … ich bin so geschockt …«

Die Frau sah wirklich so aus, als ob ihr das Erlebnis an die Nieren gegangen wäre. Es war für die meisten Menschen nicht einfach, Augenzeuge einer Gewalttat zu werden.

»Ich kümmere mich darum«, versicherte die Inselpolizistin. »Führen Sie uns bitte zur Leiche.«

Lia Schröder eilte hinter das Gebäude, Antje und Roland folgten ihr. Der kleine Garten wurde durch eine kniehohe Hecke umfriedet. Direkt an der östlichen Schmalseite des Grundstücks lag eine leblose Gestalt unmittelbar neben den Ziersträuchern. Obwohl die Person mit dem Gesicht nach unten gelandet war, erkannte die Inselpolizistin sofort Seiler wieder. Die Haarfarbe und der Körperbau stimmten überein. Und als sie dem Toten näher kam und sich neben ihn kniete, konnte sie auch einen Blick auf sein bleiches Antlitz werfen.

Ja, Lottas Freund oder Ex-Freund lag vor ihr. Das Gras unter seinem Körper war durch das ausgetretene Blut dunkel gefärbt worden. Antje bemerkte eine Einstichstelle seitlich am Hals, die Waffe konnte sie zunächst nicht entdecken.

Olaf Stolte und Ansgar Tiemann waren ebenfalls anwesend. Der ältere Mann kauerte auf einem der Gartensessel, wobei er dem Leichnam den Rücken zudrehte. Das Gesicht hatte er hinter den Händen verborgen. Der Jüngere stand leicht vorgebeugt neben ihm und redete mit beruhigendem Tonfall auf ihn ein. Und auf dem Tischchen neben ihnen lag ein blutiges Messer.

Antje rief zunächst einen der Badeärzte an und bat ihn, umgehend in die Deichstraße zu kommen. Sie hatte schon Seilers Handgelenk betastet und festgestellt, dass der junge Mann keinen Puls mehr hatte. Trotzdem musste ein Mediziner das Opfer untersuchen und offiziell den Totenschein ausstellen.

Roland hatte sich bereits Latexhandschuhe übergestreift und das Messer in einen Beutel für Beweisstücke getan. Er sagte: »Bitte beschreiben Sie uns möglichst genau, was sich ereignet hat.«

Lia Schröder warf Tiemann einen hilfesuchenden Blick zu. Daraufhin ergriff er das Wort: »Wir haben hier vor ungefähr einer Viertelstunde friedlich zusammengesessen und über Vögel gesprochen, als plötzlich dieser Irre über die Hecke flankte. Er zog ein Messer hervor und bedrohte damit Olaf. Er rief, dass Lottas Tod nicht ungesühnt bleiben durfte. Dann zwang er unseren Freund dazu, aufzustehen. Der Kerl holte mit seinem Messer aus. Olaf wehrte sich. Obwohl er selbst unbewaffnet war, wollte er sich nicht widerstandslos abstechen lassen. Lia und ich hätten ihm helfen sollen, aber wir waren vor Angst wie gelähmt. Die beiden Männer rangen miteinander, bis plötzlich der Angreifer zusammenzuckte. Olaf hat ihm versehentlich das eigene Messer in den Hals gerammt. Das war eindeutig Notwehr.«

Antje lag die Bemerkung auf der Zunge, dass eine solche Einordnung des Geschehens immer noch Sache der Polizei war. Doch sie verzichtete auf einen solchen Hinweis. Der ganze Ablauf kam ihr höchst verdächtig vor. Und ein Blick in Rolands Gesicht bewies ihr, dass ihr Kollege diese Einschätzung teilte. Die Inselpolizisten ließen sich nichts anmerken.

Während wenig später der Mediziner eintraf und den Leichnam zu untersuchen begann, machten die Ermittler zahlreiche Fotos. Roland war geistesgegenwärtig genug gewesen, den Tatortkoffer mitzunehmen. Antje wandte sich an Stolte: »Fühlen Sie sich dazu in der Lage, einige Fragen zu beantworten?«

Der Alte hob den Kopf. Er war bleich, wirkte aber gefasst.

»Ja, Sie müssen natürlich Ihre Pflicht tun. Diese Attacke kam aus dem Nichts, es gab keine Vorwarnung. Ansgar hat Ihnen ja schon erzählt, was sich ereignet hat. Ich bin eigentlich kein Kämpfertyp. Doch ich spürte instinktiv, dass ich sterben würde, wenn ich mich nicht wehre.«

»Der Angreifer benahm sich wie ein Irrer«, warf Tiemann ein. »Eine Flucht war unmöglich. So schnell, wie der Kerl sich bewegte, hätte keiner von uns ihm entkommen können.«

Antje ging nicht darauf ein, sondern wandte sich wieder an Stolte:

»Der Mann konzentrierte sich ausschließlich auf Sie?«

»Ja, ich war eindeutig sein Ziel. Natürlich kann ich Ihnen nicht sagen, ob er meine Freunde auch noch töten wollte. Sie wären ja immerhin lästige Zeugen gewesen. So weit ist es zum Glück nicht gekommen.«

Die Kommissarin notierte sich Stoltes Aussage stichwortartig. Sie wollte ihn später noch genauer befragen. Jetzt kam es zunächst darauf an, den Ablauf der Ereignisse zu verstehen.

»Wissen Sie, wer der Angreifer war?«, fragte sie.

Stolte nickte.

»Lotta hat uns mal ein Foto ihres Ex-Freundes gezeigt – nur für den Fall, dass ein Mitglied unserer Gruppe ihn irgendwo auf Juist bemerkt. Wie gesagt, sie hatte große Angst vor ihm. Es war also eindeutig Max Seiler, der mein Leben auslöschen wollte.«

»Zum Glück hat er es nicht geschafft«, sagte Lia Schröder mit weicher Stimme. Sie kam herüber, strich Stolte über das Haar und fügte hinzu: »Du bist so tapfer.«

In ihren Augen blitzte Bewunderung auf, wie Antje fand. Dem Alten schien die Anerkennung zu gefallen, trotzdem zuckte er mit den Schultern.

»Jeder würde sein eigenes Leben verteidigen, schätze ich.« Die Inselpolizistin befragte nun Lia Schröder und Ansgar Tiemann noch eingehender. Ihre Aussagen deckten sich mit den Angaben, die Stolte gemacht hatte: Die kleine Gruppe war von Seiler überrumpelt worden, der für seine tote Ex-Freundin Rache nehmen wollte und offenbar Stolte für ihr Ableben verantwortlich machte.

Der Arzt hatte inzwischen den Tod des jungen Mannes festgestellt, vermutlich durch den Stich in den Hals verursacht. Eine Obduktion sollte endgültige Gewissheit schaffen. Roland telefonierte bereits mit Fuhrunternehmer Hinderk, um Seilers sterbliche Überreste zum gerichtsmedizinischen Institut Oldenburg schaffen zu lassen. Schon bald ertönte das rhythmische Pochen von Pferdehufen auf der Deichstraße. Der Kutscher hatte die Juister Polizei schon öfter bei Transporten unterstützt. Hinderk hatte eine Plane mitgebracht, um den Leichnam diskret fortschaffen zu können. Während der Mediziner Antje den vorläufigen Totenschein gab, verluden Roland und Hinderk den Toten.

Die Kommissarin blickte in die Runde und fragte: »Wo ist eigentlich Paula Koppel?«

»Unsere junge Freundin wollte heute auf eigene Faust ins Naturschutzgebiet gehen, um Vögel zu beobachten«, erwiderte Stolte mit gleichmütiger Miene. »Wenn Sie es wünschen, können wir Paula anrufen.«

»War sie denn während der Tatzeit anwesend?«

»Nein, Frau Fedder.«

»Dann wird es auch nicht nötig sein, sie telefonisch herzubitten«, gab Antje zurück. Ihr lag die Frage auf der Zunge, ob keiner der Anwesenden eine auf antik getrimmte

Kette vermissen würde. Doch sie beherrschte sich. Im Kopf der Kommissarin entstand eine ungefähre Vorstellung davon, was sich hier abgespielt haben musste. Sie konnte es kaum abwarten, sich mit ihrem Kollegen zu beratschlagen.

Als die verpackte Leiche auf dem Pferdewagen lag, sagte Antje: »Bitte kommen Sie alle im Lauf des morgigen Tages zur Polizeistation, damit wir Ihre Aussagen schriftlich aufnehmen können.«

»Das werden wir gern tun«, erwiderte Stolte. »Benötige ich einen Rechtsanwalt, Frau Fedder?«

Antje versuchte, sich ihre Emotionen nicht anmerken zu lassen, was ihr als Inselfriesin nicht besonders schwerfiel.

»Nein, es handelt sich hier offenbar um einen klaren Fall von Notwehr.«

Sie glaubte, auf Stoltes Gesicht den Anflug eines zufriedenen Grinsens zu erkennen. Dann wandte sie sich ab und fuhr gemeinsam mit Roland zur Dienststelle zurück. Die beiden waren kaum außer Hörweite, als Roland seinem Herzen Luft machte: »Was für ein abgekartetes Spiel! Wenn dieser angebliche Kampf zwischen den beiden Männern wirklich stattgefunden hätte, wäre das Gras zerdrückt gewesen. Wenn du mich fragst, dann hat Stolte den wehrlosen Seiler abgestochen. Und er kommt sich unangreifbar vor, weil seine beiden Steigbügelhalter für ihn aussagen.«

»Ja, ich halte Stolte für einen eiskalten Mörder. Und das werden wir ihm auch beweisen«, kündigte Antje an.

Kapitel 8

Die Inselpolizisten kehrten zur Dienststelle zurück. Dort griff Antje sofort zum Telefonhörer.

»Wen rufst du an?«

»Maria Dolke«, antwortete die Kommissarin ihrem Kollegen. »Frau Rolfing vom Polizeipräsidium Hannover hatte den Eindruck, dass die Mutter des Opfers ihr etwas verschweigt. Deshalb will ich sie anrufen und etwas tiefer graben. Es wäre natürlich am besten, wenn sie mir höchstpersönlich gegenübersitzen würde.«

»Womöglich kannst du sie dazu überreden, nach Juist zu kommen«, schlug Roland vor. »Sie muss doch das allergrößte Interesse daran haben, dass der Tod ihrer Tochter aufgeklärt wird.«

»Wollen wir es hoffen«, gab Antje zurück. Dann tippte sie die Nummer ein, die sie von der Kollegin aus der Landeshauptstadt bekommen hatte. Es dauerte nicht lange, bis sich eine dunkle Frauenstimme meldete.

»Dolke.«

Im Hintergrund ertönten typische Autogeräusche, die auf dem Töwerland so ungewohnt waren. Die Inselpolizistin erinnerte sich daran, dass die Mutter der Toten auf dem Weg zum gerichtsmedizinischen Institut Oldenburg war. Antje nannte ihren Namen und Dienstgrad. Dann sagte sie: »Frau Dolke, ich spreche Ihnen zunächst im Namen der Polizei Juist meine aufrichtige Anteilnahme aus. Wir untersuchen Lottas Todesumstände.«

»Ich verstehe, Frau Fedder. Was genau ist denn geschehen? Die Hannoveraner Polizistin konnte mir nichts Genaueres sagen.«

Antje registrierte, dass Maria Dolke sehr kühl und konzentriert redete. Womöglich lag es daran, dass sie offenbar mit einer Freisprechanlage telefonierte. Wahrscheinlicher war es aber, dass diese Frau ihre Emotionen im Griff hatte und sich durch den Tod einer nahen Angehörigen nicht aus der Bahn werfen ließ.

Die Inselpolizistin beschrieb die Auffindesituation. Dann fragte sie: »War Ihre Tochter eine begeisterte Schwimmerin?«

»Das kann man eigentlich nicht behaupten, Frau Fedder. Gewiss, sie ging im Sommer gelegentlich ins Freibad. Aber Lotta war beispielsweise nicht in einem Sportverein aktiv, gehörte also auch keinem Schwimmklub an.«

»Ich verstehe. Sie haben angegeben, dass Ihre Tochter sechstausend Euro mitgenommen hat, als sie spurlos verschwand. Wofür könnte Lotta dieses Geld benötigt haben? Fällt Ihnen eine Möglichkeit ein?«

»Da bin ich überfragt«, behauptete die Mutter des Opfers. »Leider muss ich meine Tochter als eine Traumtänzerin bezeichnen. Sie war sehr romantisch veranlagt und nahm ihr Lehramtsstudium nicht besonders ernst. Es gibt ja heutzutage viele Wege, wie man Geld sinnlos durchbringen kann.«

»Ich muss mich leider auch bei Ihnen erkundigen, ob Lotta Drogenprobleme hatte«, erklärte Antje. Trotz der schlechten Telefonverbindung war Maria Dolkes ironisches Schnauben nicht zu überhören.

»Ich kann mir vorstellen, dass Sie in Ihrem Beruf mit vielen kaputten Typen zu tun haben, Frau Fedder. Doch in dieser Hinsicht lasse ich nichts auf meine Tochter kommen. Sie mag wirklichkeitsfremd gewesen sein, aber von Rauschgift hat sie die Finger gelassen. Lotta fürchtete sich geradezu vor dem Zeug. Außerdem – hieß es nicht, dass der Leichnam obduziert wird? Dann wird sich doch nachweisen lassen, ob meine Tochter Drogen im Blut hatte, oder? Zumindest dachte ich das bisher immer.«

»Ja, so ist es auch tatsächlich«, sagte Antje. »Was für einen Eindruck hatten Sie vom Freund Ihrer Tochter?«

»Sie meinen Max Seiler, nicht wahr? Ich halte ihn für einen bodenständigen jungen Mann, vielleicht etwas fantasielos, aber mit dem Herzen auf dem rechten Fleck. Er war genauso überrascht wie ich, als Lotta sang- und klanglos verschwand.«

»Leider ist es so, dass auch Max Seiler nicht mehr lebt«, erklärte die Inselpolizistin. »Über die näheren Umstände darf ich Ihnen nichts mitteilen, da die Untersuchung noch läuft.«

Daraufhin war zunächst einige Momente lang nur Rauschen in der Leitung zu hören. Ein Hupen erklang irgendwo auf der Autobahnstrecke zwischen Hannover und Oldenburg. Roland lauschte ebenfalls konzentriert, da Antje den Telefonlautsprecher eingeschaltet hatte. Endlich ertönte Maria Dolkes Stimme erneut.

»Das ist eine … überraschende Neuigkeit.«

»Wir haben bereits herausgefunden, dass Seiler Ihrer Tochter nachreiste, weil er mit ihrer Reisebegleitung nicht einverstanden war und befürchtete, dass sie in Gefahr sei. – Sagt Ihnen der Name Olaf Stolte etwas?«

Die Antwort kam wie aus der Pistole geschossen: »Nein, von diesem Mann habe ich noch niemals gehört!«

»Sind Sie sicher?«, hakte Antje nach.

»Wenn ich es Ihnen sage, können Sie sich darauf verlassen«, blaffte Maria Dolke. Sie klang nun sowohl wütend als auch verängstigt, jedenfalls nach Meinung der Kommissarin. Antje verkniff sich einen Kommentar und nannte nun noch die Namen Lia Schröder, Paula Koppel und Ansgar Tiemann. Diesmal fiel die Reaktion der Mutter ruhiger aus. Sie leugnete abermals, die Personen zu kennen. Und bei den drei Ferienhaus-Mitbewohnern glaubte die Inselpolizistin ihr sogar.

»Sie haben also keine Vorstellung davon, aus welchem Grund Ihre Tochter plötzlich verschwindet und sich mit diesen vier Leuten auf Juist einmietet?«

»Nein, habe ich nicht. Es ist Ihre Aufgabe als Polizei, das herauszufinden. Und nun möchte ich dieses Gespräch gern beenden, ich muss mich auf den Straßenverkehr konzentrieren.«

»Selbstverständlich, Frau Dolke. Falls Ihnen noch etwas einfällt, können Sie mich jederzeit anrufen.«

Die Mutter des Opfers drückte das Gespräch weg. Roland verschränkte die Finger hinter dem Kopf, schaute seine Kollegin an und stieß langsam die Luft aus den Lungen.

»Die Dame hat scheinbar Haare auf den Zähnen. Dafür, dass sie gerade ihre Tochter verloren hat, hörte sie sich sehr selbstbeherrscht an.«

»Das kann eine Fassade sein, immerhin bin ich für sie eine Fremde, mit der sie gewiss nicht über ihre tiefsten Gefühle sprechen wird«, gab Antje zu bedenken. »Auffälliger finde ich es, wie sie auf den Namen Stolte reagiert hat. Kam es dir auch so vor, dass sie genau weiß, um wen es geht?«

Roland nickte und antwortete: »Laut Seiler war Stolte Lottas Geschichtslehrer. Es ist doch sehr unwahrscheinlich, dass der Name am Abendbrottisch der Dolkes niemals gefallen ist. Bei uns daheim wussten meine Eltern jedenfalls genau, welche Lehrkräfte sich wieder über mich beschwert hatten.«

»Du warst bestimmt ein richtiger Rabauke!«, meinte Antje lächelnd, wurde aber sofort wieder ernst und fuhr fort: »Kann Lotta das Geld genommen haben, um es Stolte zu geben? Aber wozu braucht ein pensionierter Lehrer eine solche Summe?«

Der Kommissar hob die Schultern.

»Darüber können wir nur spekulieren, und das bringt nichts. Ich hoffe darauf, dass wir morgen früh aus Paula

Koppel noch einige Informationen herauskitzeln können. Die Hobby-Grabschänderin steckt tief in der Sache drin, davon bin ich überzeugt. Sie kann nicht in dem Ferienhaus gelebt haben, ohne etwas von den Ereignissen mitzubekommen.«

»Ja, wir sollten uns auf die Fakten konzentrieren«, erwiderte Antje und stand auf. »Lass uns zur Pension Graf Luckner fahren, Roland.«

»Was willst du dort?«

»Ich möchte erfahren, ob die Tatwaffe von dort stammen kann. Wir haben es ja offensichtlich mit einem handelsüblichen Küchenmesser zu tun. Falls Stolte die Wahrheit gesagt hat – was ich nicht annehme –, dann wird Seiler das Messer bei sich gehabt haben.«

»Ja, wir müssen uns vergewissern«, sagte der Kommissar. Die beiden brachen auf. Antje war froh, die Polizeistation verlassen zu können. Obwohl sie in dem Gebäude lebte und es ihr Zuhause geworden war, seit sie nicht mehr in ihrem Elternhaus wohnte, hielt sie sich am liebsten an der frischen Luft auf. Die schöne Insel hatte zu jeder Jahreszeit ihre Vorzüge, was für den Sommer ganz besonders galt. Aber Antje liebte nicht nur die hellen Sommertage, die auf den breiten Stränden von Juist endlos zu sein schienen. Sie mochte auch die eisigen Winternächte, wenn die Insel manchmal wegen der Stürme tagelang von der Außenwelt abgeschnitten war. Die Kommissarin konnte einfach besser denken, wenn ihr der Wind um die Nase wehte und die Sonnenstrahlen auf ihrer Haut brannten.

Sie dachte noch einmal über das seltsame Telefonat mit Maria Dolke nach. Antje hielt es für unwahrscheinlich, dass die Mutter des Opfers den Täter decken wollte. Und doch hatte sich ihr genau dieser Verdacht aufgedrängt. Ob die Geschäftsfrau womöglich selbst etwas zu verbergen hatte und deshalb »mauerte«?

Während die Inselpolizistin diese Überlegungen anstellte, erreichten sie und ihr Kollege die kleine Pension. Antje wandte sich an den Wirt: »Wann hast du Max Seiler heute zum letzten Mal gesehen?«

Der Pensionsbesitzer runzelte nachdenklich die Stirn, bevor er antwortete: »Das muss vor ungefähr zwei Stunden gewesen sein. Er hatte ja heute die Frühstückszeit verpennt und verließ das Haus. Ich fragte ihn, was er vorhätte. Er meinte, dass er noch etwas erledigen wollte.«

»Was für einen Eindruck machte er auf dich?«, forschte der Kommissar.

»Wie meinst du das?«

»Wirkte er beispielsweise aufgebracht?«

»Nee, eher verschlafen. – Ach, jetzt fällt mir noch was ein. Er fragte mich, ob es hier auf der Insel einen Rechtsanwalt gäbe. Da nannte ich ihm Dr. Brochtersen, einen anderen kenne ich nicht.«

»Es gibt auch nur diesen einen Juristen auf Juist«, stellte Antje klar. Was wohl Seiler von Dr. Brochtersen gewollt hatte? Bevor die Inselpolizisten den Rechtsanwalt aufsuchten, mussten sie noch etwas anderes erledigen.

»Können wir einen Blick in deine Besteckschublade werfen?«, fragte die Kommissarin den Wirt. Er schaute sie an und schien zu überlegen, ob sie sich über ihn lustig machen wollte. Doch dann reagierte er mit der Unerschütterlichkeit der Inselfriesen: »Selbstverständlich.«

Er ging in die Küche voraus und präsentierte den Polizisten das Gewünschte. Die Pension Graf Luckner verfügte über etliche Küchenmesser, doch sie alle stammten von einem anderen Fabrikat als die Tatwaffe. Natürlich hätte Seiler sich das Messer auch anderswo beschaffen können. Trotzdem fand Antje die Beobachtung aufschlussreich. Sie informierte den Wirt über Seilers Tod und bat darum, sein Zimmer durchsuchen zu dürfen.

»Der arme Kerl, er war noch so jung«, brummte der Pensionsbesitzer und schloss den Raum für die Inselpolizisten auf. Die beiden zogen sich Latexhandschuhe an und schauten sich um. Sie fanden außer Kleidung und anderen persönlichen Gegenständen nur das Smartphone. Es hing am Ladekabel. Offensichtlich hatte Seiler es zurückgelassen, weil der Akku fast leer gewesen war. Antje versuchte es einzuschalten, doch auch dieses Gerät war durch einen Fingerabdruck des Besitzers gesichert.

»Noch ein Fall für die Spezialisten beim LKA«, kommentierte ihr Kollege. Die Kommissarin nickte und tat das Smartphone in einen Beutel für Beweisstücke. Dann verschloss Roland das Zimmer mit einem polizeilichen Siegel. Die beiden verabschiedeten sich von dem Pensionswirt und kehrten zum Juister Ortskern zurück.

Als sie ein Stück weit auf der Billstraße vorangekommen waren, öffnete Roland den Mund.

»Stolte hält sich für einen genialen Verbrecher, aber das ist er nicht. Wenn Seiler wirklich auf ihn losgegangen sein sollte, müssten sich auch die Fingerabdrücke des jungen Mannes auf der Tatwaffe befinden. Ich wette, dass seine Prints dort nicht nachzuweisen sind.«

»Das wird sich bei der kriminaltechnischen Untersuchung zeigen«, erwiderte Antje. »Ich frage mich die ganze Zeit, aus welchem Grund Seiler bei dem Ferienhaus aufgetaucht ist. Hat Stolte ihn dorthin gelockt oder ist er aus freien Stücken gekommen? Und – was hat er dort gewollt?«

»Seiler traute uns jedenfalls nicht zu, den Tod seiner Freundin zu sühnen«, stellte der Kommissar trocken fest. »So gesehen wäre es durchaus möglich, dass er den einsamen Racheengel spielen wollte.«

»Und vorher geht er zum Anwalt und erkundigt sich womöglich nach dem Strafmaß für einen solchen Vergeltungsschlag?«, fragte Antje. »Ich finde, der Besuch bei Dr. Brochtersen passt überhaupt nicht zu dem Bild, das ich von einer verzweifelten Racheaktion habe.«

»Da sind wir wieder mal einer Meinung«, sagte Roland.

Wenig später erreichten sie das kleine Friesenhaus, in dem der Rechtsanwalt mit seiner Frau lebte. Seine Kanzlei bestand aus einem kleinen Zimmer zur Straße hin. Momentan hatte der Jurist offenbar schon Feierabend gemacht. Die Inselpolizisten trafen ihn im Garten an, wo der unscheinbare Mann auf Knien Unkraut jätete. Dr. Brochtersen übte seinen Beruf zwar noch aus, machte ansonsten aber eher den Eindruck eines tiefenentspannten Frührentners. Seine Kleidung bestand meist aus einer grauen Freizeithose, einem bunten Hemd mit kurzen Ärmeln und Gesundheitsschuhen. Er war auch als Notar tätig und hatte es meistens nur mit der Beglaubigung von Immobilienverkäufen oder Testamentsvollstreckungen zu tun. Strafprozesse waren bei ihm die absolute Ausnahme. Dr. Brochtersen blickte auf, als er die Kommissare bemerkte.

»Moin, was kann ich für Sie tun?«

»Es geht um einen Mann, der möglicherweise Ihren anwaltlichen Rat eingeholt hat«, begann Antje. »Sein Name lautet Max Seiler.«

Der Jurist erhob sich aus seiner knieenden Stellung und drückte stöhnend seine Handflächen gegen die untere Rückenpartie.

»Ihnen wird bekannt sein, dass alles, was zwischen einem Mandanten und seinem Rechtsvertreter besprochen wird, durch das Anwaltsgeheimnis geschützt ist, Frau Fedder. Da kann ich keine Ausnahme machen, auch wenn wir uns gut kennen.«

»Seiler war also bei Ihnen?«, warf der Kommissar ein. Der Anwalt verzog das Gesicht.

»Kein Kommentar, Herr Witte.«

»Die Dinge haben sich geändert, denn Seiler kam inzwischen gewaltsam zu Tode«, erklärte Antje. Sie fügte hinzu: »Es wäre denkbar, dass er Ihnen Informationen gegeben hat, die unsere Ermittlungen unterstützen würden. Wenn nun seine Familie Sie von Ihrer Schweigepflicht entbinden würde …?«

Dr. Brochtersen seufzte und sagte:

»Seiler war ein sympathischer junger Mann. Während meiner langjährigen Tätigkeit habe ich gelernt, die Menschen einzuschätzen. Er hatte das Herz auf dem rechten Fleck. Ich will mich also nicht querstellen, trotzdem bin ich an meine Bestimmungen gebunden. – Jetzt kommt es mir so vor, als ob Seiler seinen Tod vorausgesehen hätte.«

»Wie meinen Sie das?«, hakte die Inselpolizistin nach.

Der Anwalt sagte: »Als er vorhin bei mir war, gab er mir die Telefonnummer seines Vaters. Dort sollte ich anrufen, falls ihm etwas zustieße. Ich habe ihn ehrlich gesagt in dem Moment nicht besonders ernst genommen. Auf unserer schönen Insel sind ja Gewalttaten mit tödlichem Ausgang zum Glück nicht an der Tagesordnung. Ich werde mich umgehend mit dem Vater in Verbindung setzen und ihm die Lage erklären. Wenn er mir gestattet, mit Ihnen zu reden, erfahren Sie es sofort.«

Das war eine Zusage, mit der Antje leben konnte. Sie und ihr Kollege verabschiedeten sich von Dr. Brochtersen.

»Ich hoffe, dass wir morgen Paula Koppel einige Informationen entlocken können«, meinte Roland. »Momentan sieht es nämlich so aus, als ob Stolte seine Gefolgsleute fest im Griff hat. Hältst du ihn für Lottas Mörder?«

»Jedenfalls traue ich ihm die Tat eher zu als Seiler, der seine Freundin offenbar wirklich geliebt hat«, erwiderte die Inselpolizistin. »Stolte hat etwas zu verbergen, Lotta wollte offenbar auspacken. Aus welchem anderen Grund hätte sie auf der Wache erscheinen sollen? Doch dann bekam sie Angst vor ihrer eigenen Courage und kniff. Stolte bekam irgendwie heraus, dass sie sein Geheimnis preisgeben wollte, und brachte sie für immer zum Schweigen.«

»Ja, so kann es gewesen sein«, stimmte Roland zu. »Heute kommen wir allerdings mit dem Fall nicht mehr weiter. Hast du heute Abend schon etwas vor?«

Antje warf ihm einen neugierigen Blick zu.

»Eigentlich nicht.«

»Dann sollte es dabei bleiben«, bat er. »Ich hole dich eine Stunde nach Feierabend ab, einverstanden?«

Die Inselpolizistin sagte zu. Auf der Dienststelle mussten sie und ihr Kollege noch einige Routinearbeiten erledigen. Als diese Pflichten über die Bühne gebracht waren, verschwand Roland, um sich in seiner Pension umzuziehen. Auch Antje zog sich in ihre Privaträume zurück, wo sie die Uniform ablegte und mit einem hellen Sommerkleid vertauschte.

Sie drehte sich vor dem großen Spiegel in ihrem Schlafzimmer. Anfangs hatte sie befürchtet, dass sie und Roland sich nichts mehr zu sagen hätten, wenn sie tagsüber Kollegen und abends ein Liebespaar waren. Zum Glück war es anders gekommen. Beide versuchten, ihre Beziehung lebendig und frisch zu erhalten. Und das gelang ihnen auch, obwohl sie sich ständig sahen.

Nachdem Antje dezentes Make-up aufgelegt hatte, klingelte es an der Tür. Sie eilte die Treppe hinunter und öffnete. Roland trug Jeans und ein weißes Hemd, wodurch seine gebräunte Haut besonders betont wurde. Er hielt einen geflochtenen Korb in der Hand, der mit einem karierten Tuch bedeckt war.

»Warum klingelst du denn, du hast doch einen Schlüssel?«, fragte sie augenzwinkernd.

»Ich wollte dich nicht in leicht bekleidetem Zustand überrumpeln«, behauptete er.

Sie lachte und gab ihm einen Kuss.

»Als ob du mich nicht schon komplett hüllenlos gesehen hättest«, stellte sie lächelnd fest.

»Ja, ich bin ein Glückspilz«, erwiderte der Kommissar und nahm ihre Hand. »Komm mit, es ist so ein schöner Abend.«

Antje konnte ihm nicht widersprechen. Sie schlossen die Polizeiwache ab und gingen eng umschlungen auf der Warmbadstraße Richtung Strand. Es wehte eine sanfte Brise. Abgesehen vom gelegentlichen Möwenkreischen war es fast völlig still. Momentan waren noch nicht einmal die Fuhrwerke unterwegs, deren Gespannpferde mit ihrem Hufgetrappel für die typische Juister Geräuschkulisse sorgten.

Obwohl das Töwerland ein beliebtes Urlaubsziel war, fanden die beiden einen einsamen Strandabschnitt, wo Roland eine mitgebrachte Decke ausbreitete. Darauf ließen sie sich nieder. Antje hatte bereits ihre Schuhe ausgezogen. Sie liebte das Gefühl, den feinen Juister Sand unter ihren Fußsohlen zu spüren. Nun streckte sie die Beine aus und schaute Roland erwartungsvoll an.

»Was hast du denn in dem Korb versteckt?«, wollte sie wissen. Er nahm das Tuch beiseite und holte einige Sandwiches, Kirschtomaten, Gewürzgurken, zwei Sektflöten sowie eine Flasche Schaumwein heraus. Antje hatte sich schon gedacht, dass er ein romantisches Strandpicknick veranstalten wollte. Sie hatte jedenfalls nicht angenommen, dass der Korb Polizeiakten enthalten würde. Dennoch tat sie überrascht, denn letztlich zählte ja die Geste.

Obwohl die beiden nun schon seit einiger Zeit zusammen waren, bemühte er sich immer noch um sie. Das war nicht selbstverständlich, diese Tatsache wurde ihr an diesem Abend wieder bewusst.

Wie Stolte es wohl geschafft hatte, einen Keil zwischen Lotta Dolke und Max Seiler zu treiben?

Kaum war Antje dieser Gedanke gekommen, als sie sich selbst innerlich bremste. Während der Dienstzeit gaben sie und Roland alles, um diesen Fall zu lösen. Doch sie mussten auch einmal abschalten können, sonst würde es irgendwann nur noch Arbeit geben.

Es knallte, als ihr Freund die Flasche entkorkte. Und dieses Geräusch half ihr dabei, ihre Überlegungen zurückzudrängen.

»Auf uns«, sagte Roland, als er mit Antje anstieß.

»Auf uns«, entgegnete sie. Die beiden tranken Sekt, ließen sich das Essen schmecken und betrachteten den Sonnenuntergang am Nordsee-Horizont. Sie lehnte ihren Kopf gegen seine Schulter.

»Da leben wir nun ganzjährig auf dieser Insel und können solche Momente trotzdem nur selten genießen«, gab sie seufzend von sich.

»Wenn wir jeden Abend ein Picknick machen würden, wäre es irgendwann langweilig, Antje.«

»Das stimmt natürlich.«

Roland legte seinen Arm um seine Freundin und zog sie enger an sich. Antje schloss die Augen und gab sich ganz dem Genuss des Augenblicks hin. Es war ein schönes Gefühl, den kniffligen Kriminalfall zeitweilig vergessen zu können.

Kapitel 9

Am nächsten Morgen fühlte Antje sich wie neugeboren. Beim Frühstückstee dachte sie an die schöne Nacht mit Roland zurück. Es gab eine unausgesprochene Verabredung zwischen ihnen, nicht gemeinsam aufzuwachen. Obwohl die beiden ein Liebespaar waren und miteinander harmonierten, schlich Antjes Freund sich stets irgendwann zwischen Mitternacht und sechs Uhr früh davon.

So fiel es ihnen leichter, den nächsten Arbeitstag als Kollegen zu beginnen – und nicht als Liebende. Antje stieg die Treppe hinab und setzte sich an ihren Schreibtisch. Pünktlich zum Dienstbeginn betrat Roland das Wachlokal. Auch er wirkte locker und gelöst, die Zweisamkeit hatte ihm offensichtlich ebenfalls gutgetan.

»Moin, wie geht es dir heute?«, fragte er lächelnd.

»Ausgezeichnet, sieht man das nicht?«, gab die Inselpolizistin augenzwinkernd zurück. Bevor sie noch mehr sagen konnte, klingelte das Telefon. Sie nahm das Gespräch entgegen.

»Moin, Sie sprechen mit der Polizei Juist. Mein Name ist Fedder. Was können wir für Sie tun?«

»Hier ist Dr. Mommsen vom gerichtsmedizinischen Institut Oldenburg. Sie hatten darum gebeten, so bald wie möglich telefonisch über die Obduktion der weiblichen Leiche informiert zu werden.«

Antjes Pulsschlag beschleunigte sich.

»Ich bin ganz Ohr, Herr Doktor.«

»Wir haben es hier eindeutig mit einem Tod durch Ertrinken zu tun, Frau Fedder. Allerdings ist ein Fremdverschulden nicht auszuschließen. Ich konnte im Blut der jungen Frau eine starke Konzentration von Barbituraten nachweisen.«

»Also Schlaf- oder Beruhigungsmittel?«, vergewisserte die Kommissarin sich.

»Ja, genau«, gab der Arzt zurück. »Natürlich ist es auch möglich, dass die Frau diese Substanzen freiwillig eingenommen hat. Eine Medikamentenabhängigkeit ließ sich allerdings nicht feststellen. Wenn sie derartige Mittel über einen längeren Zeitraum missbraucht hätte, wären Anzeichen dafür vorhanden gewesen.«

»Und wie kommen Sie darauf, dass Fremdverschulden vorliegen könnte?«

»Es gibt verschiedene Hämatome, die mutmaßlich von einer Prügelei stammen. Doch entscheidend sind die Hautabschürfungen an einem Fußknöchel. Sie wurden vermutlich durch ein Seil verursacht, mit dem ein Gewicht am Körper hätte befestigt werden können.«

Die Inselpolizistin freute sich, dass der Gerichtsmediziner ihre ursprüngliche Annahme teilte. Dennoch hakte sie nach.

»Könnten die Spuren nicht einfach von einer Fesselung stammen?«

»Theoretisch schon, das kommt mir aber unter den Umständen nicht schlüssig vor«, erwiderte Dr. Mommsen. »Warum hätte jemand nur ein Fußgelenk festbinden sollen? Und die Handgelenke weisen solche Spuren nicht auf. Wäre die Frau nicht ertrunken, dann könnte man über andere Varianten nachdenken. Ich denke, dass der Körper mit einer Last beschwert werden sollte, damit er niemals gefunden wird.«

»Gibt es noch weitere Erkenntnisse, die unsere Ermittlungen voranbringen können?«, wollte Antje wissen.

»Da die Leiche nicht lange im Wasser gelegen hat, ließen sich Spuren von Fremd-DNA unter den Fingernägeln nachweisen. Das Material steht für einen Abgleich zur Verfügung. Im Blut fand sich außer den Barbituraten eine geringe Alkoholkonzentration. Es ist wahrscheinlich, dass dadurch die Wirkung des Beruhigungsmittels noch verstärkt wurde.«

»Wir können also von einem Tötungsdelikt ausgehen?«, fragte die Kommissarin direkt.

»Theoretisch wäre es auch vorstellbar, dass die junge Dame sich selbst ein Gewicht an den Fuß bindet, zur Beruhigung ein paar Tabletten nimmt und dann in die Nordsee springt, wo sie bis auf den Meeresgrund gezogen wird. Dann fehlt allerdings eine Erklärung für die Hämatome.«

»Ich habe noch eine letzte Frage«, sagte Antje. »Als wir die Tote fanden, habe ich mir den Körper nicht genau angeschaut. Daher würde mich interessieren, ob der Leichnam ein Feuermal aufweist.«

»Ja, das ist der Fall«, sagte Dr. Mommsen und ergänzte: »Ich habe Fotos gemacht, auf denen das Feuermal gut zu erkennen ist. Sie liegen dem Bericht bei, den Sie von mir bekommen.«

»Sie haben uns sehr geholfen, Herr Doktor.«

»Gern geschehen, dafür sind wir da«, erwiderte der Gerichtsmediziner. »Das schriftliche Gutachten geht Ihnen wie gesagt umgehend zu.«

Mit diesen Worten beendete er das Telefonat. Die Kommissarin legte den Hörer auf. Roland warf ihr einen neugierigen Blick zu, er hatte über den Lautsprecher alles mitbekommen.

»Was hat es denn mit dem Feuermal auf sich?«, wollte er wissen.

»Das weiß ich selbst noch nicht so genau«, gestand Antje. »Womöglich führt die Spur ins Nichts. Lass uns die Fotos vom Obduktionsbericht anschauen, bevor wir etwas unternehmen.«

»Die haben wir aber noch nicht«, stellte Roland fest. »Und auf den Bildern, die wir gemacht haben, ist kein Feuermal zu sehen.«

Das wusste die Kommissarin natürlich auch. Sie hatte immer noch keine genaue Vorstellung davon, wie der Mord über die Bühne gegangen war. Hatte der Täter es geschafft, Lotta mit Gewalt auf ein Boot oder eine Yacht zu bringen? Wären in dem Fall ihre Verletzungen nicht schwerer gewesen? Oder war es ihm gelungen, sie mithilfe von Barbituraten ruhigzustellen und an Bord eines Schiffes zu schaffen? Diese Variante kam Antje wahrscheinlicher vor, denn zumindest der Yachtbesitzer hätte als Komplize beim Transport helfen können. Der Diebstahl eines Wasserfahrzeugs lag ja anscheinend nicht vor.

Bevor die Inselpolizistin diesen Gedanken weiterführen konnte, klingelte es an der Tür. Roland öffnete. Paula Koppel stand draußen. Sie trug Jeans und eine helle Sweatjacke. Ihr Haar war an diesem Morgen streng zurückgekämmt und zu einem Dutt geformt worden, was ihr ein strenges Aussehen verlieh, Die junge Frau versuchte resolut zu wirken, doch bei Antje konnte sie diesen Eindruck nicht erwecken.

»Da bin ich!«, stieß die junge Frau hervor. Es war, als ob sie sich durch lautes Sprechen selbst Mut machen wollte.

»Ja, Sie sind nicht zu übersehen«, gab der Kommissar trocken zurück. »Kommen Sie doch erst einmal herein.«

Die junge Frau zögerte kurz, betrat dann aber die Dienststelle. Roland deutete auf seinen Besucherstuhl.

»Nehmen Sie bitte Platz. Wir befragen Sie als Beschuldigte einer Straftat. Sie müssen sich nicht selbst belasten, außerdem können Sie einen Rechtsanwalt hinzuziehen.«

Paula Koppel kam Antje seltsam geistesabwesend vor. Ob sie die Belehrung durch den Kommissar überhaupt verstanden hatte? Sie schien in Gedanken ganz woanders zu sein.

»Ich brauche keinen Verteidiger oder so etwas, aber ich möchte die Kette wiederhaben«, sagte Paula Koppel. Antje ging zu Rolands Schreibtisch hinüber, weil sie von ihrem Arbeitsplatz aus die junge Frau nur von hinten sehen konnte. Sie schaute Paula Koppel an und sagte: »Den Schmuck können Sie momentan nicht bekommen. Er ist ein Beweisstück bei einer polizeilichen Untersuchung.«

»Sie können die Kette doch nicht einfach behalten! Die gehört Ihnen nicht!«

»Verraten Sie uns, warum Sie das Geschmeide auf dem Friedhof begraben wollten?«, forschte die Kommissarin. Paula Koppel biss sich auf die Unterlippe und blickte zu Boden. Die Inselpolizisten warteten vergeblich auf eine Antwort. Antje versuchte einen neuen Vorstoß: »Hat die Kette etwas mit Bant zu tun?«

Ihr war nämlich aufgefallen, dass auch Paula Koppel den klobigen Siegelring mit dem Buchstaben B trug. Antje hatte noch immer keine genaue Vorstellung davon, was die untergegangene Großinsel mit den aktuellen Kriminalfällen zu tun haben konnte. Sie hakte nach: »Hat es etwas mit Bant zu tun?«

Normalerweise mochte die Kommissarin keine Ratespiele. Doch diesmal erwies sich ihre Mutmaßung als ein Volltreffer. Paula Koppel war deutlich anzusehen, dass dieser Begriff ihr etwas sagte.

»Was wissen Sie von Bant?«, fragte die Verdächtige zurück. Im nächsten Moment schien sie ihre schnelle Reaktion schon zu bereuen. Jetzt war es allerdings zu spät, sie hatte den Satz bereits von sich gegeben.

»Bant war eine Großinsel, die sich vermutlich vom Borkum Riff bis nach Juist erstreckte«, begann Antje, wobei sie sich in ihrem Bürostuhl zurücklehnte. »Das Eiland verlor während mehrerer Sturmfluten immer mehr von seiner Landmasse. Bant war nur bis zum Ende des sechzehnten Jahrhunderts bewohnt, später diente es nur noch als Standort für Seezeichen, damit Schiffe sicher die Westerbalje passieren konnten. 1780 ist die Insel dann endgültig abgesoffen.«

»Sprechen Sie nicht so respektlos über Bant!«, blaffte Paula Koppel. »Juist ist nur ein kümmerlicher Rest dieser großartigen Insel!«

Die Kommissarin runzelte die Stirn.

»Es ist ja schön für Sie, dass Sie sich für Heimatkunde der Inselfriesen begeistern können, Frau Koppel. Aber wir plaudern hier nicht über vergangene Jahrhunderte, sondern befassen uns mit einer Mordermittlung. Inzwischen hat es einen weiteren Todesfall gegeben, wie Sie mitbekommen haben werden.«

Die junge Frau nickte.

»Ja, Lottas Ex-Freund ist durchgedreht und hat Olaf angegriffen. Ich kann kein Mitleid empfinden, er hat sich selbst in diese Lage gebracht.«

»Was wissen Sie über Lottas Tod?«, fragte Antje direkt.

»Nichts.«

»Ich glaube Ihnen kein Wort. Wir können beweisen, dass Ihre Freundin ermordet wurde.«

Paula Koppels Gesicht blieb ausdruckslos, nachdem Antje diese Sätze gesagt hatte. Die junge Frau zuckte mit den Schultern.

»Wenn Sie mir nicht glauben, dann ist das Ihr Problem. Lotta verschwand irgendwann aus dem Ferienhaus. Wir riefen sie an, aber ihr Smartphone war abgeschaltet.«

»Sind Sie beim Strandfest gewesen?«, wollte Roland wissen.

»Ja, aber nur kurz. Solche lauten Massenveranstaltungen gefallen mir nicht.«

»Sie treiben sich lieber auf Friedhöfen herum, nicht wahr?«, spottete der Inselpolizist. »Sie haben uns immer noch nicht erzählt, aus welchem Grund Sie die Kette in geweihter Erde versenken wollten.«

»Sie würden es nicht verstehen.«

»Das wird sich zeigen«, meinte Antje. »Offenbar müssen wir ganz von vorn anfangen. Was hat es mit Ihrem Siegelring auf sich? Das B hat gar nichts mit Vögeln zu tun, oder? Es steht in Wirklichkeit für Bant.«

In diesem Moment kam Paula Koppel der Kommissarin wie eine ertappte Sünderin vor. Abermals hatte Antje das Gefühl, den Nagel auf den Kopf getroffen zu haben.

»Ja, das stimmt.«

Roland stieß einen langen Seufzer aus.

»Ich hatte bis vor Kurzem noch niemals etwas von einer Insel namens Bant gehört«, gestand er. »Und mir ist nicht klar, was diese Geheimniskrämerei zu bedeuten hat. Warum lügen Sie und Ihre Freunde uns ins Gesicht und geben sich für Hobby-Vogelforscher aus, während Sie sich in Wirklichkeit für Bant interessieren?«

Die junge Frau antwortete nicht. Antje ahnte, dass sie und ihr Kollege auf der richtigen Spur waren. Sie mussten bloß noch etwas weiter ausholen.

»Warum waren Sie eigentlich nicht im Ferienhaus, als sich der Angriff auf Olaf Stolte ereignete?«

»Ich wollte allein sein«, behauptete Paula Koppel.

»Obwohl Stolte Ihnen viel bedeutet?«

»Er ist der Beste, Frau Fedder«, gab die junge Frau zurück. Ihre Augen leuchteten.

Antje holte ihr Smartphone hervor und zeigte ein Foto der Halskette. Sie sagte: »Das ist kein Schmuckstück für eine Frau. Es erinnert mich eher an die Amtskette eines Bürgermeisters oder eines anderen Würdenträgers. Wollen Sie uns nicht verraten, woher Sie dieses Stück haben?«

Paula Koppel rutschte auf ihrem Stuhl hin und her. Sie konnte ihren Blick nicht von dem Foto des Schmucks abwenden. Die junge Frau rieb die Hände gegeneinander, als ob sie sich ohne Wasser und Seife die Hände waschen würde.

»Die Kette gehört Olaf!«, platzte sie nach einem kurzen Schweigen heraus. »Er ist der rechtmäßige Banter Häuptling!«

Kapitel 10

Roland schaute seine Kollegin an. Er sah verblüfft aus, und auch Antjes Gesichtszüge spiegelten garantiert ihre Überraschung wider.

»Häuptling?«, wiederholte der Kommissar mit ungläubig klingender Stimme. »Wir sind hier nicht im Wilden Westen, und Olaf Stolte ist garantiert kein Indianer.«

Antje schüttelte den Kopf.

»Es hat auch in Ostfriesland während früherer Jahrhunderte Häuptlinge gegeben, das erkläre ich dir später. – Frau Koppel, wie kommen Sie zu diesen Behauptungen? Wie kann jemand der Häuptling einer Insel sein, die es schon seit Jahrhunderten gar nicht mehr gibt?«

Die junge Frau beugte sich vor. Jetzt, wo sie ihr Geheimnis preisgegeben hatte, wurde sie sofort gesprächiger. Antje hatte nicht mehr das Gefühl, ihr jedes Wort einzeln aus der Nase ziehen zu müssen.

»Ihr Unverständnis ist der Grund dafür, dass wir unser Vorhaben geheim halten mussten«, behauptete Paula Koppel. »Olaf hat vorausgesehen, dass die Menschen auf Juist und anderswo die großen Ereignisse nicht begreifen würden.«

Roland zog die Augenbrauen zusammen und fragte: »Wovon sprechen Sie? Meinen Sie den Mord an Lotta und Seilers Tod?«

»Nein, wie kommen Sie denn darauf? Das sind bedauerliche Zwischenfälle, die mit den Umwälzungen gar nichts zu tun haben.«

»Können Sie mal Klartext reden?«, fauchte Antje ungeduldig. »Ich verstehe nur Bahnhof – und das, obwohl auf Juist gar keine Züge mehr verkehren.«

Paula Koppels Gesicht bekam einen träumerischen Ausdruck, während sie wieder den Mund öffnete.

»Juist, wie Sie es kennen, wird es schon bald nicht mehr geben. Wenn Bant sich wieder aus der Nordsee erhebt, wird dieser Boden hier unter uns nur ein kleines Stück davon sein, ein unwichtiges Anhängsel. Ein Häuptling ohne Land ist eine tragische Figur, sind Sie nicht auch dieser Meinung? Olaf musste sein ganzes Leben lang darauf warten, dass Bant sich über die Wasseroberfläche erhebt. Aber jetzt wird es bald so weit sein.«

»Dann kann ich ja trockenen Fußes nach Borkum gehen«, meinte Roland. »Stolte ist also der Häuptling, richtig? Und was haben Sie und die anderen Gruppenmitglieder davon?«

Paula Koppel hob das Kinn.

»Wir sind seine getreuen Gefolgsleute.«

Antje wusste nicht, ob sie lachen oder weinen sollte. Diese junge Frau schien den Unsinn, den sie verzapfte, selbst zu glauben. Gewiss, manchmal erhob sich kurzzeitig eine neue Sandbank aus den Fluten. Auch Vulkanausbrüche konnten zur Entstehung neuer Inseln führen, wenn auch eher in anderen Regionen der Welt als ausgerechnet im Naturschutzgebiet Wattenmeer. Die Küstenlinien der vorhandenen Nordseeinseln veränderten sich ständig, wenn auch über größere Zeiträume hinweg. Der Kommissarin kam plötzlich ein Gedanke, der diese fantasievollen Behauptungen in einem anderen Licht erscheinen ließ.

»Schön, Sie sind also eine Gefolgsfrau von Stolte«, stellte Antje fest. »Und was kostet dieses Vergnügen?«

»Wie meinen Sie das? Man kann diese Ehre nicht mit Geld aufwiegen …«, begann Paula Koppel, doch die Inselpolizistin fiel ihr ins Wort:

»Wenn wir bei der Staatsanwaltschaft Einsicht in Ihre Konten beantragen, wird sich also kein größerer Geldtransfer in Richtung Olaf Stolte finden?«

»Das geht Sie überhaupt nichts an!«, rief die junge Frau erschrocken, während ihre Wangen sich vor Wut oder vor

Scham rot färbten. Antje führte sich vor Augen, dass Lotta ihrer Mutter sechstausend Euro entwendet hatte. Die Kommissarin konnte sich lebhaft vorstellen, wo diese Summe abgeblieben war.

Hatte Lotta deshalb sterben müssen?

»Solange es auf Juist zwei sehr rätselhafte Todesfälle gibt, werden wir keine Ruhe geben«, warnte Antje. »Und übrigens kommen Sie mir nicht sehr glaubhaft vor, Frau Koppel. Einerseits betonen Sie, dass Stolte der Häuptling von Bant sei und Sie ihm als seine Gefolgsfrau treu ergeben wären. Andererseits stehlen Sie ihm seine Häuptlingskette und wollen sie auf dem Inselfriedhof vergraben.«

Die Kommissarin wusste nicht, ob Paula Koppel den Schmuck wirklich entwendet hatte. Sie vermutete es nur. Doch abermals zeigte sich, dass sie die Verdächtige gut einschätzen konnte. Paula Koppel brach in Tränen aus und schlug die Handflächen vor das Gesicht.

»Ich sage jetzt überhaupt nichts mehr!«, brachte sie zwischen einigen Schluchzern hervor.

»Wie Sie wollen«, erwiderte Roland. »Wir werden schon herausfinden, ob Sie die Kette gestohlen haben oder nicht. Was die Störung der Totenruhe angeht, so leiten wir unsere Ermittlungsergebnisse an die Staatsanwaltschaft weiter. Ich nehme jetzt noch Ihre Personalien auf und notiere mir Ihre Mobilfunknummer, dann können Sie vorerst gehen.«

Paula Koppel knallte ihren Personalausweis auf den Schreibtisch. Der Kommissar ließ sich nicht aus der Ruhe bringen und notierte die Angaben. Dann nahm die junge Frau das Dokument wieder an sich und verschwand grußlos aus der Polizeistation. Roland schaute ihr kopfschüttelnd nach.

»Ich habe die ganze Zeit lang überlegt, ob sie uns auf den Arm nimmt oder nicht, Antje.«

»Wahrscheinlich hat Paula alle ihre Behauptungen ernst gemeint«, vermutete die Kommissarin. Roland fuhr sich mit den Händen durch das Haar.

»Also glaubt sie wirklich daran, dass sich diese Insel aus der Nordsee erhebt wie ein Seeungeheuer aus Loch Ness? Und der alte Zausel spielt den Häuptling?«

»Ich halte diese Geschichte auch für Unfug«, betonte Antje. »Trotzdem könnte die Bant-Story einen Sinn ergeben, und zwar als Betrug. Angenommen, Stolte leiert all seinen Jüngern Geld aus dem Kreuz, damit sie bei seinem Hokuspokus mitmachen dürfen. Hast du bemerkt, wie dünnhäutig Paula auf meine Frage nach ihren Finanzen reagierte?«

»Ja, da hast du sie auf dem falschen Fuß erwischt«, gab Roland zurück. »Moment mal … wenn Lotta nun aus irgendeinem Grund herausgefunden hat, dass alles falscher Zauber ist? Womöglich war mit der Lüge, die sie bei dir anzeigen wollte, diese Häuptlingswürde des pensionierten Paukers gemeint.«

»Dann wird sie sich aber vor Stolte gefürchtet haben«, wandte Antje ein. »Würde sie zu einem Mann, vor dem sie Angst hat, ins Boot steigen? Noch dazu im Bikini? Das passt nicht so richtig zusammen.«

»Wir brauchen den Komplizen, dem die Yacht gehört«, stellte ihr Kollege fest. »Sobald wir ihn haben, können wir die Verbindung zum Mörder herstellen. Und wenn der Kerl clever ist, dann packt er aus, statt wegen Beihilfe lange einzusitzen.«

Antje nickte.

»Ich stimme dir zu, ohne ein Wasserfahrzeug kann der Mord an Lotta nicht verübt worden sein. Solange wir diesen Mittäter nicht haben, sollten wir uns auf Stolte und seine Getreuen konzentrieren. Das gilt besonders für Seilers Todesumstände. Solange der selbsternannte Häuptling von seinen beiden Anhängern gedeckt wird, können wir seine Notwehr-Behauptung nur schwer infrage stellen.«

»Was hat es jetzt eigentlich mit diesen Häuptlingen in Ostfriesland auf sich?«, wollte Roland wissen. »Du musst mir keinen stundenlangen Vortrag halten, mir reicht die Kurzversion.«

»Das ist mir auch lieber so«, meinte die Kommissarin, »du weißt ja, wie wortkarg wir Inselfriesen sind. – Ganz im Ernst, die Herrschenden früherer Jahrhunderte wurden in Ostfriesland als Häuptlinge bezeichnet. Es waren mächtige und reiche Familien, die ähnlich wie Adlige in anderen Teilen Deutschlands die Geschicke des Landes lenkten. Der Kaiser war weit weg und hatte im Zweifelsfall nicht viel zu melden. Für den normalen ostfriesischen Bauern war sein zuständiger Häuptling der Herr über Leben und Tod.«

»Ich verstehe. Aber was verspricht Stolte sich von so einer Würde? Heutzutage taugen doch auch in anderen Landesteilen die Blaublüter nur als Titelbild-Modelle für die Regenbogenpresse. Von politischer und wirtschaftlicher Macht sind sie kilometerweit entfernt.«

»Das ist mir auch bekannt«, erwiderte Antje. »Ich vermute allerdings, dass es Stolte gar nicht auf die echte Häuptlingswürde ankommt. Er muss diese Show nur für seine Anhänger abziehen. Daher hat er diese lächerliche Kette anfertigen lassen, die ganz eindeutig nicht antik ist.«

»Ich hätte die Fälschung nicht bemerkt«, gab der Kommissar zu.

»Du bist eben ein Banause, der keine Ahnung von Schmuck hat«, stellte die Inselpolizistin augenzwinkernd fest. Sie fügte hinzu: »Wir sollten stets im Hinterkopf behalten, dass Lotta die Tochter einer Goldschmiedin ist. Sie hat wahrscheinlich als Einzige in Stoltes illustrem Kreis gesehen, dass ihr Idol unter falscher Fahne segelt. Daraufhin eilte sie zur Polizei, um wegen der Lüge aktiv zu werden.«

»Es ist nicht deine Schuld, dass sie einen Rückzieher gemacht hat«, verdeutlichte Roland seiner Kollegin eindringlich. Sie sah ihm an, dass er sie am liebsten in den Arm genommen hätte. Antje lächelte ihn dankbar an. Sie war zum Glück über die Phase der Selbstvorwürfe hinaus.

»Einverstanden, Lotta hat also den großen Zampano durchschaut. Doch wieso klaut dann Paula seine Kette und will sie auf dem Friedhof verbuddeln?«, dachte die Kommissarin laut nach.

»Das ist eine ausgezeichnete Frage, für die womöglich noch nicht einmal Paula selbst eine plausible Erklärung hat«, meinte Roland. Er wurde vom Geräusch der Türklingel unterbrochen. Als er öffnete, stand der einzige Juister Rechtsanwalt vor ihm.

»Ich möchte lieber persönlich mit Ihnen und Frau Fedder sprechen«, sagte Dr. Mommsen. »Wozu leben wir alle auf einer kleinen Insel, wenn wir den Vorteil der kurzen Wege nicht für uns nutzen?«

Die Kommissarin war exakt derselben Meinung. Sie konnte Menschen besser einschätzen, wenn sie ihnen direkt gegenüberstand oder -saß. Der Jurist wirkte an diesem Morgen ungewöhnlich ernst. Meistens trat er den Inselpolizisten freundlich und locker gegenüber, wenn sie ihm auf der Straße begegneten. Und das geschah häufiger, denn auf Juist lief man sich immer wieder über den Weg. Dr. Mommsen kam sofort zur Sache: »Ich habe soeben mit dem Vater meines Mandanten telefoniert, früher konnte ich ihn nicht erreichen. Er war verständlicherweise erschüttert, als er vom Tod seines Sohnes erfuhr. Auf jeden Fall hat Herr Seiler mir ausdrücklich gestattet, mit Ihnen zu sprechen.«

»Das ist gut«, sagte Antje und deutete auf ihren Besucherstuhl. Der Anwalt schüttelte den Kopf.

»Danke, ich möchte mich nicht setzen, sondern es kurz machen. – Max Seiler kam gestern zu mir und bat mich um juristischen Rat. Er äußerte die Befürchtung, dass seine Freundin Lotta Dolke einen Betrug aufgedeckt hätte und deshalb umgebracht wurde. Ich verwies ihn sofort an die Polizei, doch Herr Seiler gab an, keine Beweise zu haben. Er übergab mir diesen Brief, mit dem er seinen Verdacht untermauern wollte.«

Dr. Mommsen öffnete seine abgeschabte Aktentasche und überreichte der Kommissarin ein Blatt Papier. Es war mit lila Tinte beschrieben. Antje las: »Lieber Max, leider kannst du mich nicht verstehen. Für Dich gibt es keinen Grund, eifersüchtig zu sein. Du hast natürlich erkannt, dass Olaf für mich ein ganz besonderer Mensch ist. Doch den Grund dafür kennst Du nicht, kannst Du gar nicht kennen. Du glaubst, Olaf würde mich nur beeinflussen und ausnutzen. Das stimmt nicht. Er hat keine bösen Absichten. Wir reisen nach Juist, um ein gemeinsames Projekt voranzubringen. Bitte akzeptiere meine Entscheidung. Schon bald wirst Du sehen, dass Olaf ein vertrauenswürdiger Mann ist. Ich spüre eine ganz große Nähe zu ihm. Olaf ist nämlich mein Vater. Diese Wahrheit habe ich bisher noch keinem meiner Freunde anvertraut. Bitte lass uns einfach in Ruhe. Deine Lotta.«

Die Inselpolizistin stieß langsam die Luft aus den Lungen, nachdem sie die Zeilen durchgelesen hatte. Ob der Brief wirklich von Lotta Dolke stammte? Die rundlichen Buchstaben der mädchenhaften Schrift deuteten darauf hin. Außerdem konnte man später immer noch mithilfe eines Graphologen die Echtheit dieses Schreibens überprüfen.

Antje wandte sich an Dr. Mommsen: »Sie haben uns sehr geholfen. Durch diese Information bekommt der Fall eine völlig neue Wendung. Übrigens können Sie gern der Familie Ihres Mandanten unsere Telefonnummer geben, falls sie weitere Fragen zu Max Seilers Tod haben.«

»Ich erlaubte mir bereits, das zu tun«, erklärte der Rechtsanwalt. Die Kommissarin nickte. Normalerweise hätte sie die Todesnachricht durch Polizeikollegen vor Ort überbringen lassen. In diesem Fall hatte sie allerdings dringend die Erlaubnis des Vaters benötigt, Dr. Mommsen von seiner Schweigepflicht zu entbinden. Und es hatte sich gelohnt, denn der Brief von Lotta an ihren Freund gab den Ermittlern einigen Stoff zum Nachdenken.

Der Jurist fuhr fort: »Ich machte meinem Mandanten deutlich, dass dieses Schreiben seiner Freundin als Beweisstück für eine Strafanzeige wegen Betrugs noch nicht ausreichen würde. Daraufhin gab er an, nicht aufgeben zu wollen.«

Und das hat er auch nicht getan, dachte Antje ernüchtert. Stattdessen war er offenbar direkt in den Tod gelaufen.

Nachdem Dr. Mommsen sich verabschiedet hatte, sagte Roland: »Würde Stolte wirklich seine eigene Tochter umbringen, weil sie seinen Schwindel aufzudecken droht? Wäre es nicht wahrscheinlicher, dass Lotta mit Stolte bei dem Bant-Schwindel unter einer Decke steckte?«

»Vergiss nicht, dass sie ihrer Mutter sechstausend Euro geklaut hat, um das Geld dem selbsternannten Häuptling zu geben«, wandte Antje ein.

»Gerade daran habe ich gedacht. Wenn Lotta das Geld nun benötigte, um das Vertrauen der anderen Gefolgsleute zu gewinnen? So wie Anlagebetrüger, die stets einen Komplizen haben, der ihnen in aller Öffentlichkeit eine große Summe ›anvertraut‹.«

»Du hast recht, diese Variante sollten wir nicht außer Acht lassen«, erwiderte die Kommissarin. »Außerdem frage ich mich, ob die übrigen Jünger des Bant-Bosses überhaupt von seiner Vaterschaft wissen. Ich selbst habe allerdings schon etwas in der Richtung geahnt, als ich das Feuermal auf Stoltes Oberkörper bemerkte. Womöglich hat seine Tochter es geerbt, deshalb bin ich so gespannt auf die Fotos der Leiche.«

»So, du hast dir also Stolte im halbnackten Zustand genau angeschaut«, stellte Roland blinzelnd fest. »Muss ich eifersüchtig werden?«

»Ich stehe nicht so auf graue Schläfen«, gab Antje nüchtern zurück. »Und nun Schluss mit dem Unsinn, lass uns zum Ferienhaus fahren.«

»Einverstanden«, gab Roland zurück. »Es ist sowieso gut, wenn wir dort erscheinen. Womöglich ist Paula in Gefahr, nachdem sie sich uns gegenüber so offen über Stoltes Bant-Wahn ausgelassen hat. Ich kann mir vorstellen, dass ihm ihre Enthüllungen gar nicht gefallen werden.«

»Ja, wenn sie so dämlich ist, bei ihm zu beichten«, erwiderte die Kommissarin. Grundsätzlich hatte ihr Kollege natürlich recht. Bei Stolte schien es sich um einen Mann zu handeln, der seine Mitmenschen hervorragend in seinem Sinn beeinflussen konnte. Falls er mitbekommen hatte, dass die junge Frau auf der Polizeistation erscheinen musste, würde er gewiss nach dem Grund gefragt haben. Und wenn Stolte merkte, dass seine Häuptlingskette fehlte, würde er sicherlich nicht amüsiert sein.

Die Inselpolizisten erreichten ihr Fahrtziel mit Rückenwind im Rekordtempo. Stolte und seine Anhänger befanden sich immer noch oder schon wieder hinter dem Haus. Ihre lauten Stimmen waren nicht zu überhören. Es klang, als ob sie sich stritten. Doch als die Kommissare das Gebäude umrundet hatten und auf die Gruppe zutraten, verstummten sie augenblicklich. Es kam Antje so vor, als ob Stolte Lia Schröder und Ansgar Tiemann warnende Blicke zuwarf. Eine andere Person fehlte.

»Wo ist Paula Koppel?«, fragte Antje.

»Ich wünsche Ihnen auch einen schönen Tag, Frau Fedder«, erwiderte Stolte mit einem leicht ironischen Unterton. »Leider können wir Ihnen nicht sagen, wo sich unsere Freundin aufhält. Hat sie nicht verlauten lassen, wohin sie nach dem Besuch Ihrer Dienststelle gehen wollte?«

Der Alte schien dieses Katz-und-Maus-Spiel zu genießen. Die Inselpolizistin fragte sich, ob er der jungen Frau etwas angetan hatte. Ob seine Gefolgsleute ihn in dem Fall wieder decken und ihm ein wasserdichtes Alibi verschaffen würden?

»Mit Paula Koppel befassen wir uns später«, sagte die Kommissarin. »Wir müssen mit Ihnen über Ihr Verhältnis zu Lotta Dolke reden, und zwar unter vier Augen.«

Stolte breitete die Arme aus.

»Oh, ich habe keine Geheimnisse vor meinen Freunden. Sie sind für mich beinahe so etwas wie meine Familie.«

»Wie Sie wünschen. Im Fall von Lotta Dolke kann man die verwandtschaftliche Beziehung ja durchaus wörtlich nehmen. Unsere Ermittlungen deuten darauf hin, dass sie Ihre Tochter war.«

Während Antje diese Sätze aussprach, konzentrierte sie sich mehr auf Lia Schröder und Ansgar Tiemann als auf Stolte. Ob die beiden von den Blutsbanden zwischen dem selbsternannten Häuptling und dem Mordopfer wussten? Die beiden wirkten überrascht. Ihr Mienenspiel hatte natürlich vor Gericht keine Beweiskraft, trotzdem fand die Kommissarin es aufschlussreich. Hatte Stolte gegenüber seinen anderen Anhängern den Eindruck vermeiden wollen, dass seine Tochter bei ihm eine Vorzugsbehandlung genoss? Falls Paula Koppel mit ihren Behauptungen recht hatte, dann war diese kleine Gruppe in Antjes Augen so etwas wie eine Sekte. Und gerade bei solchen verschworenen Gemeinschaften spielte das Verhältnis der Mitglieder untereinander eine große Rolle.

Stolte ging mit einem lässigen Schulterzucken über den Vorstoß der Inselpolizistin hinweg.

»Ich weiß nicht, woher Sie diese fragwürdigen Informationen haben, aber Sie liegen falsch, Frau Fedder. Vaterfreuden waren mir in meinem Leben bisher nicht vergönnt. Ich bin ein eingefleischter Junggeselle, wie man so schön sagt.«

»Liegt das vielleicht daran, dass Ihre ganze Liebe Bant gilt?«, erkundigte sich Roland. Auch auf diese Frage reagierte Stolte souverän. Während die beiden anderen Bewohner des Ferienhauses immer unruhiger wurden, spielte er den Unwissenden.

»Bant – dieser Name sagt mir nichts«, behauptete Stolte.

Der Kommissar deutete auf den Siegelring an der Hand des Pensionärs.

»Also steht der Buchstabe B Ihres Geschmeides nicht für diese untergegangene Großinsel?«, hakte Roland nach.

»Nein, sondern für Brachvogel. Das erwähnte ich bereits, womöglich haben Sie es wieder vergessen, Herr Witte. Ich kann mir vorstellen, dass die Juister Polizei alle Hände voll zu tun hat. Vor allem, wo sich momentan die unerfreulichen Ereignisse häufen.«

Antje verfügte zum Glück über genügend Selbstbeherrschung, um sich von Stoltes Ironie nicht treffen zu lassen. Roland öffnete den Mund. Sie befürchtete schon, dass er dem Alten eine scharfe Antworte geben würde. Doch stattdessen bat er: »Dürfte ich die Toilette im Ferienhaus benutzen?«

»Selbstverständlich«, erwiderte Stolte und machte eine einladende Handbewegung. »Das Bad befindet sich im Erdgeschoss gleich links neben dem Wohnraum.«

Der Inselpolizist nickte ihm zu und ging durch die offen stehende Terrassentür hinein. Antje wandte sich nun wieder an den Hauptverdächtigen.

»Wir haben Hinweise darauf, dass Lotta Dolke und Max Seiler keineswegs zerstritten waren. Außerdem erfuhren wir von einer größeren Geldsumme, die Frau Dolke mit nach Juist genommen hat. Es handelt sich um insgesamt sechstausend Euro, die wir in ihrem Zimmer nicht entdeckt haben. Weiß jemand von Ihnen, wo dieser Betrag abgeblieben sein kann?«

Stolte und die beiden anderen schüttelten wie auf Kommando gleichzeitig die Köpfe. Ob der Hauptverdächtige wusste, dass Paula Koppel geplaudert hatte? Antje hatte noch keinen Plan, wie sie diesem Mann den Mord an Lotta Dolke nachweisen konnte. Seine Mitläufer hatte er jedenfalls fest im Griff. Solange Lia Schröder und Ansgar Tiemann zu ihm hielten, standen seine Chancen nicht schlecht. Der Inselpolizistin blieb nichts anderes übrig, als auf die Aussage des bisher noch unbekannten Bootsbesitzers zu hoffen. Oder gab es diesen Menschen überhaupt nicht? Hatte sie sich womöglich völlig verrannt?

Roland kehrte in den Garten zurück. Er hielt ein Messer in der Hand.

»Leider habe ich die Toilette nicht gleich gefunden«, behauptete er. »Stattdessen entdeckte ich die Küche und auch die Besteckschublade. Seltsam, dieses Gemüsemesser gleicht der Tatwaffe im Fall Max Seiler wie ein Ei dem anderen!«

Kapitel 11

Antje spann den Faden sofort weiter. Die Lotta-Dolke-Ermittlung gestaltete sich nach wie vor schwierig, doch bei Max Seilers Tod schwammen Stolte nun die Felle weg.

»Das ist wirklich seltsam«, sagte die Kommissarin zu dem Alten. »Es gibt keine Hinweise darauf, dass Seiler im Ferienhaus war. Und in der Pension Graf Luckner, wo er wohnt, sehen die Küchenmesser ganz anders aus als die Klinge, mit der Seiler getötet wurde. Ich denke, dass wir die Befragung auf der Dienststelle fortsetzen sollten.«

»Das können Sie nicht machen!«, ereiferte Lia Schröder sich. »Wir können bezeugen, dass Olaf angegriffen wurde und sich nur verteidigt hat!«

»Erwähnte ich schon, dass auch eine wissentliche Falschaussage bei einer Mordermittlung eine Straftat ist?«, warf Roland ein. Daraufhin hielt die Frau den Mund. Lia Schröder und Ansgar Tiemann schienen sich plötzlich nicht mehr besonders wohlzufühlen. Stolte breitete die Arme aus, als ob er die beiden segnen wollte.

»Macht euch keine Sorgen, das ist alles nur ein Missverständnis. Ich werde die Polizisten begleiten und bald zurück sein.«

Antje fragte sich, ob sein Selbstbewusstsein und seine Gelassenheit gespielt waren oder ob er sich wirklich unangreifbar fühlte. Sie hatte nach wie vor Schwierigkeiten damit, diesen Mann richtig einzuschätzen.

»Wenn Sie keine Schwierigkeiten machen, können wir auf die Handschellen verzichten«, erklärte Roland. »Wir verhaften Sie unter dem dringenden Verdacht, Lotta Dolke und Max Seiler ermordet zu haben.«

»Das ist mir klar«, erwiderte Stolte. »Ich bin sicher, dass wir dieses Missverständnis bald aus der Welt räumen können.«

Da der Alte zu Fuß unterwegs war, schoben die Kommissare ihre Fahrräder. Sie legten die Strecke bis zur Carl-Stegmann-Straße schweigend zurück. Antje hätte zu gern gewusst, was Stolte jetzt durch den Kopf ging. Ob er schon mit seiner Verhaftung gerechnet hatte? Falls er sich beunruhigt fühlte, ließ er es sich jedenfalls nicht anmerken. Einige Einheimische und Urlauber kamen dem Trio entgegen, die meisten von ihnen grüßten freundlich. Wer sich auf Juist nicht auskannte, hielt Stolte womöglich sogar für einen Polizisten in Zivil, der mit seinen Kollegen unterwegs war. Als sie die Polizeistation erreicht hatten, zog Roland sich Latexhandschuhe über.

»Ich muss Sie jetzt durchsuchen, Herr Stolte. Haben Sie spitze Gegenstände in den Taschen, an denen ich mich verletzen könnte?«

»Nein, nichts dergleichen. Tun Sie nur Ihre Pflicht, Herr Witte.«

Antje behielt den Mordverdächtigen im Auge, während ihr Kollege den Verdächtigen sorgfältig abtastete. Stolte hatte nicht gelogen, außer einem großen Herren-Schnupftuch und einer kleinen ledernen Geldbörse mit sieben Euro und fünfzig Cent darin fand der Kommissar keine weiteren Dinge bei ihm. Die Inselpolizistin ließ Stolte auf ihrem Besucherstuhl Platz nehmen und belehrte ihn über seine Rechte.

»Ich benötige keinen Anwalt«, beteuerte er. »Sie werden sehen, dass ich unschuldig bin. Allerdings kann ich mir vorstellen, dass Sie unter einem enormen Erfolgsdruck stehen müssen. Trotzdem haben Sie den Falschen.«

»Das wird sich herausstellen«, erwiderte Antje nüchtern. »Inzwischen wissen wir, dass Lotta Dolke durch Fremdeinwirkung ums Leben gekommen ist. Jemand hat ihr Schlaf- oder Beruhigungsmittel verabreicht und sie dann mit einem Gewicht an dem Fußgelenk in die Nordsee geworfen.«

»Was für eine entsetzliche Vorstellung!«, rief Stolte. »Wer ist denn zu so einer Grausamkeit fähig?«

Roland zuckte mit den Schultern.

»Vielleicht derselbe, der sich selbst zum Häuptling einer untergegangenen Insel gekrönt hat?«, fragte er herausfordernd.

Doch der Alte blinzelte ihn nur an und sagte: »Ich habe nicht die geringste Ahnung, wovon Sie sprechen, Herr Witte.«

Antje dachte sich, dass seine Verteidigung sehr clever war. Der Mordverdächtige stellte sich einfach dumm und behauptete, von der ganzen Bant-Geschichte nichts gehört zu haben. Die Ermittler hatten keine Beweise, die Stolte mit der ehemaligen Großinsel in Verbindung bringen konnten – abgesehen natürlich von Paula Koppels Aussage. Doch die junge Frau war verschwunden.

Die Kommissarin zeigte Stolte ein Foto der Amtskette.

»Haben Sie dieses Schmuckstück schon einmal gesehen?«

Seine Gesichtszüge blieben so unbeweglich wie die eines Pokerspielers, als er antwortete: »Nein, Frau Fedder.«

»Also würden wir Ihre DNA nicht an der Kette finden?«

Stolte lachte leise, als ob sie einen Scherz gemacht hätte.

»Wenn Sie einen Richter finden, der mich zur Herausgabe meines genetischen Fingerabdrucks zwingt – dann können Sie gern einen Abgleich vornehmen. Ich bin sehr penibel mit meinen Daten und gebe Ihnen freiwillig gewiss keine DNA-Probe.«

»Natürlich nicht«, warf Roland ein. »In dem Fall könnten wir ja viel zu leicht beweisen, dass Lotta Dolke Ihre Tochter war.«

Stoltes Grinsen wurde noch breiter.

»Ich weiß nicht, worauf Sie hinauswollen, Herr Witte. Ich wiederhole, Lotta war nicht meine Tochter. Halten Sie mich wirklich für ein Monster, das sein eigenes Kind tötet?«

»Wir halten uns an die Fakten«, betonte Antje. »Ich werde Ihnen sagen, wie ich die Dinge sehe: Lotta hat lange Zeit daran geglaubt, dass Sie der rechtmäßige Häuptling von Bant seien. Sie folgte Ihnen genauso gläubig wie Ihre anderen Anhänger. Doch dann begingen Sie den Fehler, diese schlechte Fälschung einer antiken Kette eines Würdenträgers zu präsentieren. Lotta als Tochter einer Goldschmiedin erkannte, dass Sie mit falschen Karten spielten. Sie ging zur Polizei, um die Lüge auffliegen zu lassen. Im letzten Moment machte die junge Frau einen Rückzieher. Daraufhin nutzten Sie die Chance, Lotta am Reden zu hindern – indem Sie ihren Tod planten.«

Roland ergänzte: »Wenn sich das Seil an Lottas Knöchel nicht gelöst hätte, wäre die Leiche womöglich niemals gefunden worden.«

Stolte spielte den Erstaunten: »Ich weiß leider immer noch nicht, von was für einer Kette Sie überhaupt sprechen. So ein Schmuckstück besitze ich gar nicht.«

Er wirkte so überzeugend, dass Antje einen Moment lang unsicher wurde. War es nicht denkbar, dass sie und ihr Kollege völlig falsch lagen und einen Unschuldigen verhaftet hatten? Doch dann führte sie sich vor Augen, dass sie es mit einem Meister der Manipulation zu tun hatten. Es war Stolte offensichtlich gelungen, erwachsene Menschen von der Rückkehr einer untergegangenen Insel zu überzeugen und ihnen größere Geldbeträge zu entlocken. Die Inselpolizisten durften ihm nicht ebenfalls auf den Leim gehen.

»Sie könnten Ihre Lage verbessern, indem Sie den Namen Ihres Komplizen preisgeben«, erklärte Roland. Der Alte blickte den Kommissar an und hob die Schultern.

»Da ich nichts Unrechtes getan habe, gibt es auch keinen Mittäter, Herr Witte. Ich wünsche mir inständig, dass Sie den Mörder von Lotta Dolke finden. Auch, wenn sie nicht meine Tochter ist, habe ich sie gemocht. Wir liebten beide die Vogelwelt. Und was den Tod des jungen Mannes angeht, so bedaure ich ihn außerordentlich. Doch ich musste mich meiner Haut wehren, andernfalls wäre ich das Opfer gewesen.«

»Ich werde Sie jetzt erkennungsdienstlich behandeln, bei der Gelegenheit nehme ich auch Ihre Fingerabdrücke«, kündigte Roland an. Plötzlich zeigte Stolte Anzeichen von Unruhe. Sein linkes Augenlid begann zu zucken, und er biss auf seinen rechten Daumennagel. Falls sich auf dem Messer ausschließlich seine Prints befanden, würde die angebliche Notwehr nicht mehr länger aufrechtzuerhalten sein. Würde sich ein so planvoll vorgehender Krimineller einen derart groben Schnitzer erlauben? Antje machte sich bewusst, dass Seilers Besuch beim Ferienhaus spontan erfolgt war. Stolte hatte nicht mit seinem Auftauchen gerechnet, er musste improvisieren. Seilers Tötung geschah bei Tageslicht, Stolte musste damit rechnen, dass Zeugen den jungen Mann gesehen hatten. Nachts wäre es vielleicht möglich gewesen, die Leiche unbemerkt zu beseitigen. So aber war ihm nichts Besseres eingefallen, als die Geschichte von der Notwehr zu erfinden und durch die Aussagen seiner Anhänger wasserdicht zu machen.

Als Roland den Mordverdächtigen in den Nebenraum führen wollte, hielt Antje die beiden Männer zurück.

»Herr Stolte, wo ist Paula Koppel geblieben? Wir werden Ihnen Ihre Schuld nachweisen können. Machen Sie nicht alles noch schlimmer, indem Sie ein weiteres Leben zerstören.«

Der Alte warf ihr einen mürrischen Blick zu, blieb aber höflich: »Leider hat sich die junge Dame nicht bei mir abgemeldet. Sie ist psychisch labil und hat mit Stimmungsschwankungen zu kämpfen. Womöglich war es ein Fehler, sie nach Juist mitzunehmen. Ich hatte gehofft, Paula würde sich durch die Beschäftigung mit der Tierwelt und die friedliche Atmosphäre dieser Insel ein wenig fangen. Womöglich … nein, das ist ein zu schrecklicher Gedanke.«

»Was wollten Sie sagen?«, hakte Roland nach.

»Paula könnte sich etwas angetan haben!«, stieß Stolte hervor. »Ich bin kein Arzt, wir alle hofften auf eine Besserung ihres Zustandes. Bitte finden Sie das Mädchen, bevor es zu spät ist!«

Antje fehlten die Worte. Es war gut, dass ihr Kollege nun mit Stolte im anderen Zimmer die Erkennungsdienst-Prozedur vollzog. So konnte sie ihre Gedanken ordnen. Die Kommissarin begriff, wie teuflisch genial der Mordverdächtige war. Stolte hatte konsequent geleugnet, etwas über Bant zu wissen – geschweige denn der selbsternannte Häuptling dieser Großinsel zu sein. In dieser Hinsicht mussten die Inselpolizisten sich auf Paula verlassen, die aber von Stolte als geisteskrank abgestempelt wurde. Antje zweifelte nicht daran, dass Lia Schröder und Ansgar Tiemann diese Behauptung bestätigen würden. Und das Vergraben des Würdenträger-Schmucks auf dem Friedhof zeugte nun wirklich nicht von normalem Verhalten. Stoltes zukünftiger Strafverteidiger würde die ganze Geschichte mit der untergegangenen Insel als die Fantasien einer Frau mit psychischen Problemen darstellen.

Ob Paula Koppel überhaupt noch lebte? Diese Frage drängte sich der Kommissarin auf. Wenn Stolte sie nun ebenfalls beseitigt und ihre Ermordung als Freitod inszeniert hatte, stand die Ermittlung gegen ihn unter keinem guten Stern. Antje verdrängte diese trüben Gedanken. Die Inselfriesen waren es seit Jahrhunderten gewohnt, unerschütterlich gegen widrige Umstände zu kämpfen. Solange nicht geklärt war, ob die junge Frau noch lebte, würden die Kommissare nach ihr suchen.

Nach einer Weile kehrte Roland zurück und sagte: »Stolte spielt immer noch das Unschuldslamm. Ich habe ihn wegen Flucht- und Verdunkelungsgefahr in die Arrestzelle gesperrt. Er will nun doch mit einem Strafverteidiger aus Hannover sprechen, den Namen hat er mir genannt. Der Jurist kann aber frühestens morgen anreisen.«

»Wir müssen Stoltes Fingerabdrücke so bald wie möglich nach Oldenburg schicken, um sie mit den Spuren auf der Mordwaffe abzugleichen«, stellte Antje klar. Sie fuhr fort: »Dein Messerfund in der Ferienhaus-Küche hat leider keine Beweiskraft vor Gericht, mein Lieber.«

»Das ist mir auch bewusst«, gab ihr Kollege zu. »Ich wollte verhindern, dass Stolte uns frech ins Gesicht grinst, während er seine Jünger hinter sich versammelt und alle ihn belastenden Fakten verschwinden lässt.«

»Es ist gut, dass wir ihn momentan unter Kontrolle haben«, erwiderte Antje. »Lass uns nach Paula Koppel suchen. Aber erst muss ich noch Maria Dolke anrufen.«

Die Inselpolizistin griff zum Telefon und tippte die Nummer von Lottas Mutter ein. Maria Dolkes Stimme klang matt, als sie sich meldete.

Antje nannte ihren Namen und Dienstgrad. Dann sagte sie: »Ich will Sie nicht länger als nötig aufhalten, Frau Dolke. – Ich möchte von Ihnen wissen, ob Olaf Stolte Lottas Vater ist.«

Einen Moment lang herrschte Schweigen. Die Kommissarin wollte ihre Frage schon wiederholen, als die Antwort kam.

»Ja.«

»Warum haben Sie es uns verschwiegen? Sie haben sogar geleugnet, den Namen zu kennen, obwohl Stolte ein Lehrer Ihrer Tochter war.«

»Waren Sie schon einmal richtig verliebt, Frau Fedder?«

»Das tut jetzt nichts zur Sache.«

»Da bin ich anderer Meinung«, sagte Maria Dolke. »Ich habe mich mit Haut und Haaren auf Olaf eingelassen. Zu spät erkannte ich, dass ich für ihn nur ein Spielzeug war. So benimmt er sich allen Menschen gegenüber. Man hält ihn für charmant und freundlich, fällt auf ihn herein. Doch er saugt den Frauen die Lebensenergie aus, als ob er ein Vampir wäre. Ich konnte mich irgendwann von ihm lösen, bin härter geworden und habe meine Tochter allein aufgezogen. Sie können sich meinen Schock vorstellen, als ich erfuhr, dass Lotta ebenfalls auf ihn hereingefallen ist.«

»Wir haben den Verdacht, dass Ihre Tochter das Ihnen gestohlene Geld Stolte gegeben hat«, erklärte Antje.

»Das würde mich nicht wundern, Frau Fedder. Olaf kann die Menschen dazu bringen, nach seiner Pfeife zu tanzen.«

»Wusste Ihre Tochter, dass Stolte ihr Vater war?«

»Diese Frage kann ich leider nicht beantworten. Womöglich fand sie es auf eigene Faust heraus, gesagt habe ich es ihr jedenfalls nicht. Es war ja schon schlimm genug, dass Olaf Lotta vor seiner Pensionierung unterrichtet hat.«

»Womöglich hat Stolte Ihre Tochter getötet«, sagte die Kommissarin. »Zumindest steht der Verdacht im Raum.«

»Das kann ich mir nicht vorstellen«, erwiderte Maria Dolke. Sie hörte sich nicht aufgebracht, sondern kühl an. »Frau Fedder, ich traue Olaf jede Schlechtigkeit zu, auch einen Mord – aber nicht an seiner eigenen Tochter.«

»Demnach wusste Stolte, dass Lotta von ihm war?«, hakte die Inselpolizistin nach.

»Selbstverständlich. Das habe ich ihm nie verheimlicht. Vatergefühle hat er meines Wissens niemals entwickelt, er ist einfach nicht der Typ für Ehe und Familie. Im Nachhinein bin ich froh darüber, mich von ihm gelöst zu haben.«

»Unsere Untersuchungen sind noch nicht abgeschlossen«, betonte Antje. »Ich halte Sie auf dem Laufenden.«

Mit diesen Worten beendete sie das Telefonat. Roland hatte alles mitgehört.

»Lottas Mutter hätte ruhig früher Farbe bekennen können«, meinte er.

»Das finde ich auch, obwohl sich an unseren Ermittlungen dadurch kaum etwas geändert hätte«, erwiderte die Kommissarin. »Es wird Zeit, dass wir aufbrechen.«

Die beiden fuhren zunächst wieder zum Ferienhaus, wo Lia Schröder und Ansgar Tiemann sich inzwischen in die Küche zurückgezogen hatten. Stoltes Verhaftung schien seinen Freunden immer noch in den Knochen zu stecken.

»Wie geht es Olaf, wie lange werden Sie ihn noch festhalten? Er ist unschuldig!«, ereiferte sich Lia Schröder.

»Falls Herr Stolte gegen kein Gesetz verstoßen hat, muss er auch nichts befürchten«, stellte Antje klar. »Doch wenn er schuldig ist, dann müssen Sie mit einer Anklage wegen Beihilfe rechnen.«

»Wollen Sie uns etwa drohen?«, fauchte Lia Schröder.

Roland schüttelte den Kopf.

»Meine Kollegin hat Ihnen nur die Tatsachen vor Augen geführt. – Wir suchen nach wie vor Paula Koppel. Ist sie noch nicht zurückgekehrt?«

»Nein«, antwortete Stoltes Gefolgsfrau.

»Und Sie wissen nicht, wo sie sein könnte?«, hakte der Kommissar nach.

Diesmal bestand die Reaktion aus einem Kopfschütteln.

»Dürfen wir einen Blick in ihr Zimmer werfen?«, fragte Antje.

»Meinetwegen«, gab Lia Schröder zurück. »Wir kommen aber mit, um Ihnen auf die Finger zu schauen.«

Die Ferienhausbewohner begleiteten die Inselpolizisten zu einem Zimmer, das sich kaum von Lotta Dolkes Unterkunft abhob. Möglicherweise war Paula etwas unordentlicher als ihre Mitbewohnerin, doch auf den ersten Blick schien nichts zu fehlen. Kleider und Wäsche befanden sich im Schrank, auch die Hygieneartikel im Bad waren vorhanden. Falls Paula abgereist war, hatte sie jedenfalls ihr Gepäck zurückgelassen.

Antje warf Tiemann einen prüfenden Blick zu. Während Lia Schröder mit den Kommissaren geredet hatte, war er die ganze Zeit lang ruhig gewesen.

»Gibt es etwas, das Sie uns mitteilen möchten, Herr Tiemann?«, forschte die Inselpolizistin. Er schüttelte nur den Kopf. Antje unterdrückte einen Seufzer. Es hatte momentan keinen Sinn, diese Leute weiter befragen zu wollen. Sie und Roland verschwendeten nur ihre Zeit, während sich Paula womöglich in Gefahr befand.

»Wir werden Olaf Stolte seine Straftaten nachweisen können«, sagte die Kommissarin zum Abschied. »Überlegen Sie sich gut, ob Sie nicht doch das Richtige tun wollen.«

Nach dieser klaren Ansage fuhren die Inselpolizisten Richtung Ortskern.

»Dieses Duo ist stur«, stellte Roland fest. »Wir sind nicht zu ihnen durchgedrungen. – Ich frage mich, ob Paula überhaupt noch auf Juist ist. Die letzte Fähre des Tages dürfte den Hafen schon verlassen haben.«

»Ja, falls sie per Schiff verschwunden ist, lässt sich das nicht mehr ändern«, sagte Antje und fuhr fort: »Bevor wir die Suche auf das Festland ausdehnen, sollten wir die Insel systematisch durchkämmen.«

Zuvor rief sie beim Flugplatz an und fragte nach, ob eine Passagierin mit Paulas Aussehen am heutigen Tag in eine der Propellermaschinen gestiegen sei. Doch die Reisenden, die Juist auf dem Luftweg verlassen hatten, passten weder vom Alter noch vom Geschlecht zu der verschwundenen jungen Frau.

»Wir sollten uns für die Suche trennen«, schlug Antje vor. »Ich schaue mich nördlich der Friesenstraße um, du nimmst dir den südlichen Bereich bis zur Deichpromenade vor, einverstanden?«

Roland nickte.

»Wie gut, dass die Insel nur siebzehn Kilometer lang ist. Trotzdem bietet sie noch genügend Versteckmöglichkeiten.«

Diese Tatsache war Antje natürlich ebenfalls bewusst. Gerade in den weitläufigen Naturschutzgebieten begegnete man nur wenigen Urlaubern. Auf den breiten Stränden und zwischen den Dünen war es möglich, herannahende Personen schon von Weitem zu erkennen und ihnen auszuweichen.

Antje hatte momentan keinen Sinn für die Schönheit ihrer Heimatinsel. Sie versuchte, sich in Paula hineinzuversetzen. Die entscheidende Frage lautete, ob Stolte die junge Frau in seine Gewalt gebracht und beseitigt hatte. Dafür gab es keinen Beweis. Die Kommissarin musste zunächst davon ausgehen, dass Paula noch lebte und sich frei auf Juist bewegte.

Antje fuhr an den Hammerdünen vorbei, hinter denen sich der Hammersee befand. Sie begegnete einer alteingesessenen Insulanerin, die eine kleine Runde mit ihrem Hund drehte. Aafke Sieks war schon zu den Kindheitszeiten der Kommissarin alt gewesen, inzwischen musste sie über neunzig sein. Antje stoppte ihr Fahrrad. Aafke blinzelte ihr zu und lächelte.

»Moin, warum bist du denn so eilig unterwegs? Das ist ungesund!«

»Ich suche eine Vermisste«, gab die Inselpolizistin zurück. Sie beschrieb Paula und fragte: »Hast du sie gesehen?«

Die Seniorin legte den Kopf in den Nacken und richtete ihren Blick auf die Dünenlandschaft jenseits der Straße.

»Ja, ich hab so ein junges Ding auf dem Pfad gesehen, der zur Augustendüne führt. Ich kann aber nicht beschwören, ob es dieses Mädchen war. Meine Augen sind ja nicht mehr die besten.«

»Du hast mir auf jeden Fall geholfen«, betonte die Kommissarin. »Ich muss weiter, Aafke. Wir sehen uns später!«

»Gib auf dich acht!«, rief die Insulanerin Antje hinterher. Auf dem Trampelpfad zwischen den Holunder- und Sanddorn-Gebüschen kam sie zu Fuß besser voran, sie musste ihr Fahrrad schieben. Die Kommissarin ließ ihre Blicke über die Kämme der mit Flechten bewachsenen Dünen schweifen. So oder ähnlich musste es hier ausgesehen haben, als Juist noch ein Teil von Bant war. Mitten in der unberührten Natur spielte es keine Rolle, ob man sich im einundzwanzigsten oder im dreizehnten Jahrhundert befand. Ob Paula hierher gekommen war, weil es in diesem Teil der Insel keine Hinweise auf moderne Zivilisation gab?

Darüber konnte man nur spekulieren, und davon hielt Antje nichts. Ob sie nach Paula rufen sollte? Doch wenn die junge Frau allein sein wollte, erreichte die Kommissarin dadurch höchstens, dass die Gesuchte noch schneller flüchtete. Zum Glück kannte Antje sich hier gut aus, sie hatte die schmalen Trampelpfade zwischen dem Billriff und dem Hammersee unzählige Male durchstreift. Und plötzlich erblickte sie eine schmale Gestalt, die am Fuß einer Gründüne kauerte und die Arme um die zum Kinn gezogenen Beine geschlungen hatte.

Es war Paula, wie Antje im Näherkommen bemerkte. Die Schultern der Vermissten zuckten, sie weinte leise.

»Darf ich mich zu Ihnen setzen?«, fragte die Kommissarin. Paula blickte auf, dann nickte sie. Antje ließ ihr Rad zu Boden gleiten und nahm neben der jungen Frau Platz. Sie funkte Roland an und gab Bescheid, dass sie die Gesuchte gefunden hätte.

»Soll ich zu euch kommen, Antje?«

»Nein, das ist nicht nötig. Wir treffen uns dann später auf der Wache.«

Mit diesen Worten beendete sie den Funkkontakt und wandte sich der Frau neben ihr zu.

»Warum sind Sie so traurig?«, wollte die Inselpolizistin wissen.

Es dauerte einige Momente, bis Paula antwortete.

»Ich bemitleide mich selbst, weil ich so leichtgläubig gewesen bin. Sie müssen mich für ein naives Dummchen halten, weil ich an dieses Bant-Märchen geglaubt habe.«

»Nein, ich denke nicht, dass es Ihnen an Intelligenz mangelt. Vermutlich kann Olaf Stolte sehr überzeugend sein«, meinte Antje.

Die junge Frau nickte eifrig und erwiderte: »Oh, ja! Er wusste genau, welche Knöpfe er bei mir drücken musste, damit er mich um den kleinen Finger wickeln konnte. Und bei den anderen Leuten aus unserer Gruppe hat er es genauso gemacht.«

»Woher kennen Sie Stolte eigentlich?«

»Es gibt in Hannover so einen Nordsee-Stammtisch, der sich gelegentlich in einem Lokal trifft, Frau Fedder. Dorthin kommen Menschen, die sich für die Küste und die Inseln begeistern. Die meisten Leute aus dieser Runde kennen das Meer nur aus dem Urlaub. Ich habe aber schon länger hier im Nordwesten gelebt, ich hatte Jobs als Verkäuferin in einem Souvenirladen auf Borkum und als Eiscreme-Promoterin auf Norderney.«

Mit solchen Arbeiten kann man sich keine goldene Nase verdienen, dachte Antje. Paula schien zu spüren, was ihr gerade durch den Kopf ging.

Sie fuhr fort: »Ich habe eine kleine Erbschaft gemacht. Ohne dieses Geld hätte ich Olaf niemals zehntausend Euro geben können.«

»Wofür verlangte Stolte das Geld?«, wollte die Kommissarin wissen. Paula fischte ein Papiertaschentuch aus der Tasche und trocknete ihre Tränen. Sie hatte sich einigermaßen beruhigt, seit Antje mit ihr sprach.

»Er *verlangte* es nicht von uns«, betonte sie. »Olaf weihte uns in das Bant-Geheimnis ein und brachte die anderen und mich dazu, dass wir ihm das Geld förmlich aufdrängten.«

»Wofür waren diese Summen gedacht?«

Paula zögerte mit der Antwort. Schließlich sagte sie: »Das klingt jetzt schrecklich blöd, aber damit konnten wir uns Vorkaufsrechte auf Bant-Grundstücke sichern, nachdem die Insel wieder aus der Nordsee aufgetaucht war.«

Antje führte sich vor Augen, dass Stolte ein besonders geschickter Betrüger sein musste. Neu war seine Masche allerdings nicht. Sie hatte in einer Polizei-Fachzeitschrift einen Artikel über den Betrüger George C. Parker gelesen, der schon vor hundert Jahren mehrfach die Brooklyn Bridge und die Freiheitsstatue in New York an gutgläubige Touristen oder Einwanderer »verkauft« hatte. Doch der Inselpolizistin ging es jetzt hauptsächlich um den Mord an Lotta Dolke.

»Bei unserem letzten Gespräch waren Sie noch von Stolte und seinen Bant-Geschichten überzeugt«, erinnerte sie. »Wie kam es zu dem Sinneswandel? Und wie dachte Lotta Dolke über Stolte?«

»Sie und Ihr Kollege haben mir die Augen geöffnet«, erwiderte Paula. »Mir wurde plötzlich bewusst, wie irrsinnig es ist, an die Rückkehr einer Großinsel vor der Nordseeküste zu glauben. Angesichts des Klimawandels ist es viel wahrscheinlicher, dass noch mehr Land im Meer versinken wird. Und ich fürchte, dass Lotta Olaf schon vor mir durchschaut hat.«

»Wissen Sie, wie das für mich klingt?«

»Ja, Frau Fedder. Ich habe Olaf verehrt, ich sah ihn schon als Häuptling eines neuen Bant. Aber wahrscheinlich hat er Lotta auf dem Gewissen.«

»Wie kommen Sie darauf?«, hakte Antje nach.

»Ich vermute es, obwohl ich vor diesem Gedanken zunächst die Augen verschlossen habe. Am Tag, als das Strandfest stattfand, verhielt sie sich schon morgens seltsam. Lotta wich uns aus, war einsilbig. Da ist Olaf schon misstrauisch geworden. Plötzlich war Lotta verschwunden, ohne sich bei uns abzumelden.«

Da ist sie wahrscheinlich zu unserer Dienststelle gegangen, dachte Antje. Paula fuhr fort: »Lotta kehrte später zu uns zurück, sie war fahrig und nervös. Das schlechte Gewissen stand ihr sozusagen ins Gesicht geschrieben. Doch Olaf tat so, als ob alles normal wäre.«

»Warum sind Sie eigentlich als Gruppe nach Juist gereist?«, wollte die Kommissarin wissen.

»Olaf konnte uns ja Bant nicht präsentieren, weil es die Großinsel nicht mehr gibt. Wenn er uns nicht angelogen hat, ist das Töwerland zumindest ein Überrest von Bant. Ich nehme an, dass er uns einfach bei Laune halten wollte, damit er noch mehr Geld lockermachen kann.«

»Erzählen Sie mir von dem Strandfest«, forderte Antje.

»Wir sind alle dort gewesen, ich habe auch Sie und Ihre Kollegen aus der Entfernung gesehen. In dem Trubel verlor ich sowohl Olaf als auch Lotta aus den Augen. Der selbsternannte Häuptling kam später zurück und behauptete, Lotta würde Zeit für sich benötigen. Wir stellten seine Worte nicht infrage. Am nächsten Morgen erfuhren wir dann von ihrem Tod.«

»Und da wurden Sie noch nicht misstrauisch?«, fragte die Inselpolizistin ungläubig.

»Ich habe Olaf durch eine rosarote Brille betrachtet«, gab Paula selbstkritisch zu. »Er hat uns dazu gebracht, Ihnen diese Geschichte von den Vogelfreunden aufzutischen, als Sie an dem Morgen zu uns kamen. Olaf meinte, dass die Polizei nichts von seiner Häuptlingswürde erfahren dürfte, bevor Bant sich wieder aus den Fluten erhob.«

Das war natürlich kompletter Unsinn, doch zu der Zeit schienen Stoltes Anhänger ihm treu ergeben gewesen zu sein. Dennoch blieb für Antje eine Frage offen: »Was hat es mit dieser Kette auf sich, die Sie auf dem Friedhof vergraben wollten?«

Paula senkte den Blick.

»Ich habe Olaf versehentlich belauscht«, gestand sie. »Er telefonierte mit jemandem, wobei er sich sehr abfällig über mich und seine anderen Freunde äußerte. Und er sagte seinem Gesprächspartner, dass er die Häuptlingsgeschichte frei erfunden hätte. Ich war so enttäuscht, wollte mich an ihm rächen. Also ging ich in sein Zimmer und nahm ihm die Amtskette weg, die er angeblich von seinen Vorfahren geerbt hatte.«

»Sie kamen nicht auf die Idee, dass das Geschmeide gefälscht sein könnte?«

Paula schaute Antje so verblüfft an, als ob dieser Gedanke völlig abwegig sei. Dann sagte sie. »Nein, das konnte ich mir nicht vorstellen. Ich hielt den Schmuck für echt. Deshalb wollte ich ihn auch in geweihter Erde vergraben. Es wäre mir frevelhaft vorgekommen, ihn einfach wegzuwerfen.«

Darauf erwiderte die Kommissarin nichts. Ob Paula nicht selbst merkte, wie widersprüchlich ihre Aussage war? Einerseits hatte Stolte seine Maske fallengelassen, andererseits hielt sie die Kette trotzdem für authentisch? Antje beschloss, die junge Frau im Auge zu behalten. Sie schaute auf die Uhr. Es dämmerte bereits.

»Ihre Aussage wird uns sehr dabei helfen, Olaf Stolte zur Verantwortung zu ziehen«, betonte Antje. »Ich kann mir vorstellen, dass Sie nicht gern in das Ferienhaus zurückkehren wollen.«

Die junge Frau nickte.

»Nein, der Bant-Fanclub wird mich nicht mit offenen Armen empfangen.«

»Das macht nichts, Frau Koppel. Ich finde gewiss eine andere Unterkunft für Sie.«

Kapitel 12

Antje kehrte gemeinsam mit Paula Koppel in den Ort zurück. Die junge Frau wirkte jetzt nicht mehr traurig, nur noch erschöpft. Die Inselpolizistin nahm ihr Smartphone aus der Tasche und rief Tatje Olsen an: »Moin, Tatje! Hast du aktuell in deiner Pension noch ein freies Zimmer?«

»Willst du jetzt etwa Wand an Wand mit deinem netten Kollegen wohnen?«, fragte die alte Pensionswirtin zurück und lachte fröhlich. »Gefällt dir deine Dienstwohnung nicht mehr?«

»Das Zimmer ist für eine andere Person«, gab die Kommissarin zurück. Tatje Olsens Fröhlichkeit wirkte ansteckend. Sie betrieb seit einer halben Ewigkeit eine günstige Frühstückspension im Herzen von Juist. Roland lebte dort als Dauergast, ansonsten vermietete die rüstige Rentnerin an Urlauber, die ihr teilweise schon seit Jahrzehnten die Treue hielten.

»Du hast Glück«, sagte Tatje. »Ein Stammgast hat kurzfristig abgesagt, er ist krank geworden. Bei mir ist also ein Einzelzimmer frei.«

»Prima, wir kommen dann gleich zu dir«, erwiderte Antje und beendete das Telefonat. Paula Koppel warf ihr einen fragenden Blick zu.

»Sie können in einer gemütlichen Pension übernachten, wir gehen jetzt dorthin«, erklärte die Kommissarin.

»Vielen Dank, Sie sind sehr freundlich.«

»Morgen Vormittag möchte ich dann gern Ihre Zeugenaussage schriftlich aufnehmen, Frau Koppel.«

»Ja, das können wir selbstverständlich machen.«

Es war nicht weit bis zu dem Backsteinhaus in der Friesenstraße. Tatje wartete bereits, sie empfing die junge Frau freundlich: »Kommen Sie, ich zeige Ihnen gleich Ihre Unterkunft!«

Antje blieb auf der Straße stehen.

»Gute Nacht, wir sehen uns dann morgen.«

»Gute Nacht, Frau Fedder. Und – vielen Dank!«

Die Kommissarin winkte der Zeugin und der Rentnerin zu und stieg auf ihr Rad, das sie in Paulas Beisein geschoben hatte. Die Schlinge um Stoltes Hals schien sich immer weiter zuzuziehen. Dennoch rätselte Antje immer noch über sein Motiv. Gewiss, die Aufdeckung des Bant-Betrugs wäre Stolte teuer zu stehen gekommen. Er hatte bewiesen, dass er einen Menschen aus dem Weg räumen konnte, der seine Pläne zu durchkreuzen drohte. Die Kommissarin zweifelte nicht an der Schuld des Mordverdächtigen, was Seilers Tod anging. Doch Lotta war sein eigenes Fleisch und Blut! Wäre er wirklich so weit gegangen, seine eigene Tochter zu töten?

Antje erreichte die Polizeistation. Als sie die Tür öffnete, saß Roland an seinem Computer. Er blickte auf.

»Du kommst passend, ich habe gerade Tee gekocht«, berichtete er.

»Ja, den kann ich jetzt gebrauchen«, erwiderte sie. Während ihr Kollege das Heißgetränk und Anisplätzchen bereitstellte, erzählte sie von der Begegnung mit Paula Koppel.

»So, dann ist die Dame also ihrem Bant-Guru abtrünnig geworden?«, vergewisserte Roland sich.

»Das klingt so, als ob du ihrer Aussage keinen großen Glauben schenken würdest«, gab Antje zurück. Der Inselpolizist schüttelte den Kopf.

»Ich versuche nur, an alle Möglichkeiten zu denken. Was ist, wenn sie wirklich psychische Probleme hat, wie Stolte es unterstellt? Versteh mich nicht falsch, ich halte ihn für einen Betrüger und für einen Mörder. Aber das ist keine Entweder-Oder-Situation. Er kann die Taten begangen haben, und gleichzeitig könnte Paula tatsächlich geisteskrank sein. Und dann wäre ihre Aussage nicht viel wert. Wenn Stolte einen Strafverteidiger anheuert, der sein Geld wert ist, wird der Jurist auf diesem Punkt herumreiten.«

»Auf mich macht die Frau einen normalen Eindruck«, murmelte Antje. Gleichzeitig war ihr bewusst, dass ihre Einschätzung vor Gericht keinen Wert hatte. Sie war keine Nervenärztin.

»Mir kommt es jedenfalls sehr merkwürdig vor, eine Kette auf einem Friedhof zu begraben«, meinte Roland trocken. Antje musste ihm innerlich recht geben. Falls es wirklich berechtigte Zweifel an Paulas geistiger Gesundheit gab, konnten ihre Zeugenaussagen dem Mordverdächtigen nicht gefährlich werden. Die Inselpolizistin trank ihren Tee aus und goss sich gleich noch eine Tasse ein. Es klingelte an der Tür. Sie wandte sich dem Eingang zu und öffnete. Ansgar Tiemann stand draußen.

»Entschuldigen Sie die Störung, aber ich möchte meine Aussage korrigieren«, gab er mit tonloser Stimme von sich. Antje machte eine einladende Handbewegung.

»Treten Sie bitte näher.«

Tiemann ließ sich auf den Besucherstuhl der Kommissarin nieder. Das Angebot einer Tasse Tee schlug er aus: »Nein, danke. Ich möchte mir etwas von der Seele reden, bevor mich der Mut verlässt.«

Auf beinahe unheimliche Art und Weise schien sich für Antje die Situation zu wiederholen, mit der dieser merkwürdige Kriminalfall begonnen hatte. Sie hoffte nur, dass Tiemann nicht einfach weglaufen würde, bevor er eine verwertbare Aussage von sich gab. Roland stellte sich neben Antje, die wieder auf ihrem Bürostuhl Platz nahm.

»Wir sind ganz Ohr«, sagte der Kommissar.

Tiemann stieß einen langen Seufzer aus und blickte zu Boden.

»Wir haben nicht die Wahrheit gesagt«, gestand er. »Die Tötung des jungen Mannes hat sich ganz anders abgespielt.«

»Sie sprechen von Max Seiler.«

»Ja, so heißt er wohl. Wir saßen im Garten, als Lia plötzlich den Fremden bemerkte. Er kam auf unser Grundstück und kündigte an, Lottas Tod rächen zu wollen.«

»Hielt er eine Waffe in der Hand?«, wollte Antje wissen.

»Nein. Soweit ich weiß, hatte er weder ein Messer noch einen Revolver bei sich. Trotzdem erschraken Lia und ich.«

»Sie sprechen von Frau Schröder«, stellte der Inselpolizist klar. »Und wo befand sich Olaf Stolte?«

»Er war in dem Moment nicht da, wahrscheinlich musste er zur Toilette. Oder er wollte sich etwas aus der Küche holen. Paula Koppel fehlte übrigens auch, ich hatte sie an dem Tag noch gar nicht gesehen. Plötzlich erschien Olaf. Er kam von der Seite auf Max Seiler zu und hielt ein Messer in der Hand. Der arme Kerl bemerkte ihn erst, als es schon zu spät war. Olaf stach ihn nieder, er hatte keine Chance!«

Für einen Moment herrschte Stille in der Polizeistation. Dann fragte Roland: »Und diesen eiskalten Mord wollten Sie ursprünglich decken, indem Sie eine Falschaussage machten?«

Tiemann sank auf dem Stuhl in sich zusammen.

»Es hört sich verrückt an, ich weiß«, brachte er stammelnd hervor. »Lia und ich waren geschockt, das müssen Sie mir glauben. Immerhin war vor unseren Augen ein Mensch getötet worden. So etwas verkraftet man nicht so leicht. Aber Olaf hatte uns fest im Griff. Er behauptete, sich selbst für diese Tat zu hassen. Er hätte so handeln müssen, damit unser Geheimnis gewahrt bliebe.«

»Sprechen Sie von Bant?«, warf Antje ein. Tiemann nickte.

»Ja, selbstverständlich. Sie müssen uns alle für furchtbar naiv halten. Ich war zu der Zeit fest überzeugt davon, dass Olaf uns die Wahrheit sagte. Das haben wir alle geglaubt.

Außerdem erzählte er uns, dass Seiler der gewalttätige Ex-Freund von Lotta sei. Er hätte nur bekommen, was er verdiente.«

»Gab es denn diese Anrufe, mit denen Seiler angeblich Lotta Dolke terrorisierte?«, fragte Roland direkt. Der Zeuge schüttelte den Kopf.

»Falls Lotta von dem jungen Mann angerufen wurde, habe ich nichts davon mitbekommen. Und sie hat sich auch nie über ihn beklagt. Einmal sagte sie sogar, dass es ihr leidtäte, ihren Freund wegen unseres Bant-Vorhabens zurücklassen zu müssen.«

Antje hatte sich schon so etwas gedacht. Sie bohrte tiefer: »Was können Sie uns über Paula Koppel sagen? Kam es Ihnen nicht seltsam vor, dass sie sich manchmal von der Gruppe abgesondert hat?«

»Ja, das stimmt. Sie ist launisch, ihre Stimmung kippt manchmal grundlos. Erst himmelhoch jauchzend, dann zu Tode betrübt, so in die Richtung. Ich finde sie anstrengend, ehrlich gesagt. Wenn sie nicht in der Nähe ist, vermisse ich sie nicht.«

Roland forderte: »Lassen Sie uns über den Abend sprechen, an dem das Strandfest stattfand.«

»Darüber habe ich schon selbst nachgedacht«, behauptete Tiemann. »Wir gingen alle dorthin, ich trank ein paar Bier an einer der Buden. Lia tanzte, und ich verlor sowohl Olaf als auch Paula und Lotta aus den Augen. Lotta kam in der Nacht nicht mehr ins Ferienhaus zurück, inzwischen kenne ich ja den Grund. An dem Abend dachte ich, dass sie jemanden kennengelernt hätte.«

»Sie können also nicht mit Bestimmtheit sagen, mit wem Lotta zuletzt zusammen war?«, hakte Antje nach.

»Nein, da muss ich passen.«

Der Kommissar deutete auf Tiemann und sagte: »Wissen Sie, was mir völlig schleierhaft ist? Sie haben für Stolte gelogen, hätten ihn sogar mit einem Mord davonkommen lassen. Es ehrt Sie, dass Sie sich inzwischen besonnen haben und die Wahrheit sagen wollen. Trotzdem stelle ich mir die Frage, wie es zu diesem plötzlichen Sinneswandel kam.«

»Dafür können Sie sich bei meiner Frau bedanken«, erwiderte der Zeuge und hielt Rolands Blick stand. »Sie rief mich nämlich heute an und berichtete mir, dass sie schwanger sei. Als ich diese Nachricht bekam, wurden Olafs Hirngespinste schlagartig unwichtig. Ich begriff, was ich falsch gemacht hatte. Ich steigerte mich in diese Bant-Sache hinein, dafür setzte ich sogar meine Ehe aufs Spiel. Selbst wenn es dieses Eiland wirklich gäbe, wäre es für mich nicht mehr von Wert. Olaf hat mir meine Ersparnisse aus dem Kreuz geleiert, und wofür? Ich wollte dabei sein, wenn diese Großinsel sich aus der Nordsee erhebt. Einmal im Leben hätte ich mich wichtig gefühlt. Doch damit ist jetzt Schluss. Als Sie bei uns waren, haben Sie mir die Augen geöffnet. Ich will mein Kind aufwachsen sehen, ich gehe gewiss nicht für Olaf ins Gefängnis!«

Antje nickte ihm zu. Sie hatte bereits ihren Computer eingeschaltet und brachte nun Tiemanns Aussage in Schriftform. Nachdem die Seiten ausgedruckt waren, las der Zeuge sie sich sorgfältig durch und unterschrieb dann auf dem letzten Blatt. Er atmete tief durch und fuhr sich mit den Handflächen über das Gesicht.

»Ich fühle mich, als ob eine schwere Last von meinen Schultern genommen worden wäre«, gestand er.

»Das ist tatsächlich geschehen, wenn auch im übertragenen Sinn«, meinte Roland.

»Darf ich jetzt gehen?«

»Selbstverständlich, Herr Tiemann«, sagte die Kommissarin. »Sie hören von uns, wenn es neue Entwicklungen gibt.«

Der Zeuge wirkte locker und gelöst, als er die Polizeiwache verließ. Antje und Roland schauten einander in die Augen.

»Denkst du, was ich denke?«, forschte er.

»Wir besuchen Stolte in der Arrestzelle und berichten ihm, dass sein treuer Jünger umgefallen ist. Womöglich gesteht er dann die beiden Tötungsdelikte«, erwiderte sie.

»Ja, das hoffe ich auch«, sagte der Kommissar.

Wenig später schloss er die Tür der Arrestzelle auf. Falls Stolte verängstigt oder eingeschüchtert war, ließ er es sich jedenfalls nicht anmerken. Er saß kerzengerade im Schneidersitz auf der Pritsche.

»Ist das eine Meditationshaltung der Friesenhäuptlinge?«

Diese Frage konnte Roland sich nicht verkneifen. Stolte blickte lächelnd zu ihm auf.

»Ich fürchte, dass ich Ihnen nicht folgen kann.«

»Sie können die Schmierenkomödie aufgeben«, sagte Antje kalt. »Wir haben inzwischen zwei Zeugenaussagen, die Ihren Angaben komplett widersprechen. Wollen Sie nicht lieber ein Geständnis ablegen? Das macht vor Gericht stets einen besseren Eindruck, als bei einer unglaubwürdigen Geschichte zu bleiben.«

»Bei der erkennungsdienstlichen Behandlung habe ich gesehen, dass Ihr Geburtsort Goslar ist«, meinte Roland. »Die Stadt liegt ziemlich weit von Ostfriesland entfernt, finden Sie nicht? Wie kann es einen Banter Häuptling dorthin verschlagen haben?«

Stolte warf dem Inselpolizisten einen gereizten Blick zu.

»Sie können sich ruhig über mich lustig machen, das stört mich nicht. Aber Sie sollten besser Ihrer Arbeit nachgehen und den Mörder von Lotta Dolke finden.«

»Dann bestreiten Sie also, die junge Frau getötet zu haben?«, vergewisserte Roland sich.

»Ich hätte Lotta niemals ein Haar krümmen können!«, stieß Stolte hervor.

»Warum nicht? Weil sie Ihre Tochter war?«, hakte Antje nach.

Darauf erwiderte der Alte nichts. Er verschränkte die Arme vor der Brust und wich ihrem Blick aus.

»Wir werden von Amts wegen einen DNA-Test beantragen«, erklärte die Inselpolizistin. »Dann kommt die Wahrheit ans Tageslicht.«

»Tun Sie, was Sie nicht lassen können. Und nun lassen Sie mich in Ruhe und finden Sie den Mistkerl, der Lotta umgebracht hat!«

»Möchten Sie Ihre Angaben zu Max Seilers Tod abändern?«, fragte Roland direkt. Aber Stolte verweigerte nun die Aussage.

Kapitel 13

Nach diesem langen Arbeitstag ließen die Inselpolizisten den Abend in der Juister Kajüte ausklingen. Antjes Vater freute sich immer, seine Tochter und ihren Kollegen als Gäste begrüßen zu können. Die Kommissarin wusste, dass Tjark Fedder Roland bereits als zukünftigen Schwiegersohn betrachtete. Sie fühlte sich in Gesellschaft dieser beiden Männer normalerweise äußerst wohl. Doch das ungelöste kriminalistische Rätsel nagte an ihr. Roland schien zu spüren, was in ihr vorging. Er legte seine Hand auf ihren Unterarm.

»Wir benötigen kein Geständnis unseres Hauptverdächtigen, Antje. Er hatte Motiv und Gelegenheit, was will man mehr?«

»Er bringt seine eigene Tochter um, weil sie seinen Betrug auffliegen lassen will?«, fragte die Kommissarin skeptisch.

»Gerade eine manipulative Persönlichkeit wie Stolte könnte zu anderen Mitteln greifen. Eine Affekttat würde ich mir zur Not noch gefallen lassen. Aber das Opfer zu betäuben, aufs offene Meer zu bringen und dann mit einem Gewicht am Bein ertrinken zu lassen – das ist eiskalter und geplanter Mord.«

»Der Komplize mit dem Boot kann sich ja nicht in Luft aufgelöst haben«, erinnerte Roland. »Spätestens, wenn er auspackt, können wir den Fall der Staatsanwaltschaft übergeben.«

»Dafür müssten wir den Kerl erst einmal erwischen«, gab Antje zu bedenken. Es gefiel ihr selbst nicht, so verzagt zu sein. Doch ihrer Meinung nach lief der Fall noch nicht rund. An Stoltes Mordabsichten gegenüber Seiler gab es keinen Zweifel. Doch bei Lotta sah die Sache schon anders aus.

Nun kam Tjark zu den beiden Inselpolizisten herüber, die an seiner Theke saßen. Antje zwang sich zu einem Lächeln, hob ihr Bierglas und beschloss, für den Rest des Abends nur noch an schöne Dinge zu denken.

***

Als die Kommissarin am nächsten Morgen pünktlich zum Dienstbeginn die Treppe herunterkam, klingelte das Telefon. Sie griff zum Hörer.

»Moin, Sie sprechen mit der Polizei Juist. Mein Name ist Fedder. Was können wir für Sie tun?«

»Jacobs hier«, erwiderte eine raue Männerstimme. Antjes Pulsschlag beschleunigte sich. Kapitän Hein Jacobs war der Kommandant eines Patrouillenbootes der Küstenwache, das im Wattenmeer zwischen den Niederlanden und den Ostfriesischen Inseln für Ordnung sorgte. Er war kein Plappermaul und rief nur an, wenn es etwas Wichtiges zu berichten gab.

»Moin, Kapitän Jacobs. Was gibt es Neues?«

»Sie hatten ja nach einem Wasserfahrzeug gefragt, das während der Nacht Ihres Strandfestes unweit von Juist auf See gewesen sein könnte. Wir haben heute Morgen die *Daphne Gooi* gestoppt und durchsucht. Ich nehme an, der Name dieser Yacht sagt Ihnen etwas.«

»Allerdings!«, stieß Antje hervor. »Gehört der Kahn immer noch Eike Sievers? Ich dachte, er verbüßt eine Haftstrafe und hätte das Boot verkaufen müssen.«

»Das stimmt nur zum Teil«, stellte Jacobs richtig. »Ja, Sievers wurde wegen Drogenhandel verurteilt, kam aber wegen guter Führung vorzeitig frei und ist nun wieder grenzüberschreitend unterwegs. Die *Daphne Gooi* wurde zwar verkauft, aber an seinen Onkel. Der alte Herr lässt seinen kriminellen Neffen damit offenbar durch die Gegend schippern.«

»Lässt sich nachweisen, dass Sievers mit seiner Yacht zur fraglichen Zeit in Juister Gewässern war?«

»Ja, Frau Fedder. Er hat danach Kurs auf Schiermonnikoog genommen. Wir hätten die Holländer bitten können, ihn genauer unter die Lupe zu nehmen. Aber ich kenne den Vogel. Ich wusste, dass er in unsere Hoheitsgewässer zurückkehren würde. Also mussten wir nur warten, bis Sievers wieder hier ist.«

»Dieser Kleinkriminelle scheint nicht besonders lernfähig zu sein«, mutmaßte Antje. »Ich habe ihn vor einigen Jahren selbst schon mal verhaftet, weil er Marihuana bei sich hatte.«

»Inzwischen scheint er zu verschreibungspflichtigen Medikamenten gewechselt zu sein«, erwiderte der Kapitän. »Bei der Durchsuchung seiner Yacht haben wir mehrere Hundert Pillen-Packungen gefunden.«

»Auch Barbiturate?«, hakte die Inselpolizistin nach.

»Ja.«

»Ich möchte Sievers gern selbst vernehmen, Kapitän Jacobs. Lässt sich das machen?«

»Deshalb rufe ich Sie an«, lautete die Antwort. »Wir haben Kurs auf Juist genommen und werden in einer halben Stunde in Ihren Hafen einlaufen.«

Antje bedankte sich für die Auskunft und versprach, pünktlich am Kai zu sein. Als sie den Hörer aufgelegt hatte, betrat Roland die Polizeistation. Sie berichtete ihm sofort, was sie soeben erfahren hatte.

»Sollte dieser Sievers das letzte Puzzleteil sein, um unseren Fall abschließen zu können?«, dachte er laut nach.

»Wollen wir es hoffen. Auf jeden Fall könnte der Täter oder die Täterin von Sievers die Medizin bekommen haben, mit der Lotta ruhiggestellt wurde. Und das Opfer könnte von Bord der *Daphne Gooi* aus ins Meer geworfen worden sein.«

Mit diesen Worten stand Antje auf, schaute auf die Uhr und griff nach ihrer Mütze.

»Wir haben noch Zeit, bis die Fähre eintrifft, mit der wir Stolte aufs Festland schaffen«, sagte sie.

Die Inselpolizisten erledigten schnell noch ein paar Routineaufgaben, dann brachen sie auf. Es war ohnehin nicht weit von der Dienststelle bis zum Juister Hafen. Dort hatten sich schon einige abreisende Urlauber versammelt, die anscheinend befürchteten, die vormittägliche Fähre zu verpassen. Antje und Roland fuhren an ihnen vorbei und stellten ihre Fahrräder beim Wippen-Parkplatz ab.

»Hatte ich es vorhin richtig verstanden, dass du diesen Sievers kennst?«, hakte Antjes Kollege nach.

»Ja, einmal habe ich ihn auch verhaftet. Sievers ist schon öfter mit dem Gesetz in Konflikt gekommen. Er jobbt gelegentlich in einem der Yachthäfen auf den Inseln oder den Küstenorten. Meist wohnt er auf der *Daphne Gooi*, seiner Yacht. Offiziell gehört sie jetzt seinem Onkel, aber Sievers lebt trotzdem auf dem Boot. Er hatte den alten Kahn ursprünglich geerbt und hält ihn selbst instand. Eigentlich ist Sievers ein geschickter Handwerker. Wenn er nicht immer wieder mit dem Gesetz in Konflikt geraten würde, könnte er ein ruhiges Leben führen.«

»Das hat er sich selbst zuzuschreiben«, meinte Roland. »Hast du eine Ahnung, woher der seltsame Name seines Bootes stammt?«

»Ich glaube, *Daphne Gooi* war im siebzehnten Jahrhundert eine holländische Strandräuberin, die nach einigen Untaten schließlich in Utrecht gehenkt wurde.«

»Na, da hat Sievers sich ja eine passende Figur ausgesucht. – Sind das unsere Freunde von der Küstenwache, Antje?«

Der Kommissar deutete auf die Silhouette eines Schiffs, das am Horizont zu erkennen war und Kurs auf das Töwerland nahm.

Sie nickte. Schon bald konnte man das Patrouillenboot mit dem grau gestrichenen Rumpf deutlich erkennen. Es hatte eine kleine Yacht mit gerefften Segeln im Schlepptau. Dabei handelte es sich um die *Daphne Gooi*, wie die Kommissarin vermutete. Das bald darauf folgende Anlegemanöver des Bundespolizeibootes erregte die Aufmerksamkeit der wartenden Touristen. Antje und Roland gingen an Bord, sobald die Gangway auf das Kai geschoben worden war. Kapitän Jacobs nahm sie persönlich in Empfang. Der Kommandant des Patrouillenbootes trug einen grauen gestutzten Vollbart. Er gab den Inselpolizisten die Hand und sagte: »Moin, Sie wollen gewiss sofort mit Sievers sprechen?«

Antje nickte.

»Sie haben also auf der Yacht verschreibungspflichtige Medikamente entdeckt?«, vergewisserte sie sich.

»Ja, und zwar in Mengen, die weit über einen Eigenbedarf hinausgehen. Ganz abgesehen davon, dass ich Sievers für kerngesund halte und ihm bestimmt kein Arzt ein Rezept ausgestellt hat.«

Während Jacobs mit den Kommissaren sprach, führte er sie zu einer Arrestzelle unter Deck. Er schloss auf. Nur durch ein vergittertes kleines Bullauge drang Tageslicht in den winzigen Raum, dessen Einrichtung nur aus einer Pritsche und einer in den Boden eingelassenen stählernen Toilette bestand. Antje hätte in einem solchen Gefängnis Platzangst bekommen. Wieder einmal war sie froh darüber, auf der richtigen Seite des Gesetzes zu stehen.

Sievers schien sich nicht besonders gut zu fühlen. Unter Seekrankheit litt er gewiss nicht, da er sein halbes Leben auf dem Meer zubrachte. Er trug Sandalen, knielange Jeans-Shorts und ein schwarzes Muskelshirt. Daher konnte man seine tiefbraune Hautfarbe gut erkennen, lediglich das

Gesicht wies einen gräulichen Teint auf. Er war Anfang dreißig, wie Antje wusste.

»So sieht man sich wieder, Herr Sievers«, sagte sie. »Kommissar Witte, meinen Kollegen, kennen Sie noch nicht.«

Sievers grinste schief.

»Nee, es gibt doch tatsächlich einen Bullen im Umkreis von dreißig Seemeilen, der mich noch nicht verhaftet hat«, erwiderte er.

»Was nicht ist, kann ja noch werden«, meinte Roland.

»Ich lasse Sie mal mit dem Verdächtigen allein.«

Mit diesen Worten zog sich der Kapitän zurück. In der Arrestkabine war es so eng, dass neben Sievers nur noch die beiden Inselpolizisten Platz fanden. Es stank nach Desinfektionsmittel und nach Schweiß. Nicht nur deshalb wollte Antje die Befragung so kurz wie möglich halten. Sie holte ihr Smartphone hervor und zeigte Sievers ein Foto, das sie vom Gesicht der toten Lotta Dolke aufgenommen hatte.

»Haben Sie diese Frau schon einmal gesehen?«

Der Schmuggler zuckte zusammen, als er das Bild betrachtete. Dann schüttelte er heftig den Kopf.

»Ich bin nicht in der Stimmung für Spielchen«, stellte die Inselpolizistin gereizt klar. »Wir kennen uns, Sievers. Ich halte Sie für einen kleinen Fisch, nicht für einen Mörder. Aber wenn Sie eine Person decken, die einen Menschen getötet hat, geht es diesmal sehr schlecht für Sie aus. Dann wird es lange dauern, bis Sie das offene Meer wiedersehen.«

Antjes eindringliche Worte verfehlten ihre Wirkung nicht. Sievers lehnte sich auf der Pritsche zurück, sodass er mit dem Hinterkopf gegen die metallene Bordwand stieß. Er öffnete den Mund und rang nach Atem, als ob ein großes Gewicht auf seine Brust drücken würde.

»Hören Sie, ich wollte nicht in einen Mord verwickelt werden. Ich ahnte nichts Böses, als sie mich um einen Gefallen bat«, beteuerte er.

»Wen meinen Sie?«, hakte Antje nach, obwohl sie es bereits ahnte.

»Paula Koppel.«

»Woher kennen Sie Frau Koppel?«

»Sie hat mal auf Borkum gejobbt. Dort lernten wir uns am Strand kennen, hatten mal kurz etwas miteinander. Wir haben unsere Telefonnummern ausgetauscht.«

»Ich verstehe. Und wann trafen Sie Paula Koppel wieder?«

»Am Tag vor dem Strandfest. Sie wusste, dass ich … bestimmte Dinge beschaffen kann. Sie bat mich um ein starkes Schlafmittel. Ich habe mir nichts dabei gedacht, ehrlich.«

»Klar, Sie verdienen schließlich am Medikamentenhandel«, warf Roland ein. Man konnte seiner Stimme den Ärger anhören.

»Ich wusste jedenfalls nicht, dass es um Mord gehen sollte«, beharrte der Schmuggler.

»Wie ging es weiter?«, wollte Antje wissen.

»Paula fragte, ob wir in der Strandfest-Nacht eine Mondscheinfahrt zusammen mit ihrer Freundin machen könnten. Ich hatte nichts dagegen, für schöne Frauen bin ich immer zu haben. Wir verabredeten uns, und ich holte die Ladys mit meinem Schlauchboot am Strand ab. Doch mit ihrer Freundin war nicht viel los. Sie bekam kaum die Zähne auseinander, schien todmüde zu sein.«

Antje tippte mit dem Finger auf das Foto von Lotta Dolke.

»Meinen Sie diese Frau?«

»Ja, richtig. Paula stellte sie mir als Lotta vor. Wir fuhren also zu meiner Yacht. Ich lichtete den Anker und nahm Kurs aufs offene Meer. Paula bat mich, ihr etwas zum Trinken zu holen. Also schaltete ich den Autopilot ein und ging in die

Kabine. Dann hörte ich ein Platschen. Ich kehrte an Deck zurück, da war Lotta verschwunden. Paula behauptete, sie wäre launisch und hätte zurück an Land schwimmen wollen. Ich machte mir Sorgen, weil es doch ziemlich weit bis zum Strand war. Und Sie wissen, wie tückisch die Gewässer rund um Juist sind.«

»Haben Sie nach Lotta Ausschau gehalten?«, fragte Antje direkt.

»Nein, weil … Paula kann sehr überzeugend sein. Sie hat mich umgarnt, wenn Sie verstehen, was ich meine …«

Antje versuchte, sich die Situation vorzustellen. Wäre Lotta zu diesem Zeitpunkt überhaupt noch zu retten gewesen? Wahrscheinlich nicht. Die Kommissarin wusste, wie Segelyachten normalerweise ausgestattet waren.

»Haben Sie nichts vermisst, nachdem dieser nächtliche Ausflug vorbei war?«

»Ich weiß nicht, wovon Sie sprechen«, behauptete Sievers.

Antje kniff die Augen zusammen und fragte: »Nun, wo ist denn beispielsweise Ihr Reserveanker?«

Das Erschrecken des Verdächtigen schien echt zu sein.

»Mein Reserveanker!«, wiederholte er.

»Paula wird ihn an Lottas Fußgelenk gebunden haben, als sie ihr wehrloses Opfer in die Nordsee geworfen hat«, mutmaßte die Inselpolizistin mit grimmigem Unterton.

Kapitel 14

Als die Kommissare das Patrouillenboot wieder verließen, war Sievers' Gesichtsfarbe noch ungesünder als zuvor – falls das überhaupt möglich war.

»Du kennst den Knaben, Antje – hat er vor uns eine Show abgezogen oder wusste er wirklich nichts von dem Mord? Hat er geglaubt, dass Lotta nach Juist zurückschwimmen wollte?«

»Für einen raffinierten Verbrecher halte ich Sievers nicht«, erwiderte sie. »Wäre er cleverer, dann hätte er nicht schon so oft verhaftet werden können. Und gewalttätig ist er bisher nie geworden, auch bei seinen Festnahmen nicht. Er ist wohl wirklich Paulas Charme erlegen und hat keinen Gedanken mehr für Lotta übrig gehabt, als die Mörderin sich ihm an den Hals warf.«

Während die Inselpolizisten miteinander sprachen, fuhren sie so schnell wie möglich zu Tatje Olsens Pension. Dort vermuteten sie Paula Koppel.

»Ich hatte eigentlich Stolte für Lottas Mörder gehalten«, gab Roland zu.

Seine Kollegin sagte: »Das ging mir genauso, wobei mir immer sauer aufstieß, dass sie sein Fleisch und Blut ist. Aber das Thema ist jetzt sowieso vom Tisch.«

»Für Max Seilers Tod muss der Alte sich auf jeden Fall verantworten«, erinnerte der Kommissar. Er fügte hinzu: »Letztlich ist mir nicht klar, warum er den jungen Mann überhaupt getötet hat.«

»Seiler war offenbar eine Person, die sich von Stolte nicht manipulieren ließ«, erwiderte Antje. »Diese Tatsache muss ihm bewusst oder unbewusst Angst gemacht haben. Vergiss nicht, dass Stolte ein Kontrollfanatiker ist und seine Umgebung unter seiner Fuchtel haben will. Seiler hätte den Bant-Schwindel auffliegen lassen und sich zu allem

Überfluss auch noch zwischen Stolte und dessen Tochter drängen können. Für einen Mann wie Stolte muss diese Vorstellung unerträglich gewesen sein.«

Als die Inselpolizisten ihr Fahrtziel erreichten, saßen die meisten Pensionsgäste von Tatje Olsen noch beim Frühstück. Es duftete nach Kaffee, Tee und gebratenen Eiern. Paula Koppel war nicht zwischen den Urlaubern zu entdecken. Die Wirtin kam aus der Küche und nickte den beiden freundlich zu.

»Moin, kann ich euch einen Tee anbieten?«

»Ein anderes Mal, Tatje«, gab Antje zurück. »Wir müssen mit Paula Koppel sprechen.«

Die Rentnerin lachte.

»Die Kleine schläft noch, es ist wahrscheinlich viel zu früh für sie! Sie hat Zimmer neun, am Ende des Korridors.«

Die Inselpolizistin überlegte. Wenn sie jetzt an die Tür klopfte, bestand die Gefahr, dass Paula durchs Fenster entkam. Ihr Zimmer befand sich ja im Erdgeschoss. Es war, als ob Roland ihre Gedanken gelesen hätte.

»Ich postiere mich draußen«, kündigte er an und verließ das Haus.

Man konnte Tatje Olsen anmerken, dass sie gern gewusst hätte, worum es ging. Doch die lebenserfahrene Frau spürte offenbar, dass jetzt nicht der Zeitpunkt für neugierige Fragen war.

»Ich bin in der Küche, falls ihr mich braucht.«

Mit diesen Worten verschwand sie von der Bildfläche. Antje ging den Flur entlang und klopfte an die Tür mit der Nummer neun.

»Frau Koppel? Hier ist die Polizei. Wir müssen noch einmal mit Ihnen sprechen!«

Falls die Mordverdächtige geschlafen hatte, war sie jedenfalls sofort aufgewacht. Antje glaubte, so etwas wie einen unterdrückten Fluch zu hören. Außerdem ertönte das

Knarren von Bettfedern. Es klang, als ob jemand auf nackten Fußsohlen schnell den Raum durchquerte. Dann erblickte Paula Koppel offenbar den Kommissar vor ihrem Fenster. Diesmal fluchte sie laut und deutlich. Nach einem kurzen Moment der Stille schloss sie die Tür auf und warf Antje einen verdrossenen Blick zu. Die junge Frau war nur mit T-Shirt und Slip bekleidet und schaute der Inselpolizistin aus geröteten Augen ins Gesicht.

»Ziehen Sie sich bitte etwas an, Frau Koppel. Ich verhafte Sie unter dem dringenden Verdacht, Lotta Dolke getötet zu haben.«

***

Eine halbe Stunde später saß Paula Koppel den Kommissaren im Verhörraum der Polizeistation gegenüber. Roland hatte sie soeben über ihre Rechte belehrt. Die Mordverdächtige trug nun Jeans und eine blaue Kapuzenjacke sowie weiße Turnschuhe. Sie hatte die Arme vor der Brust verschränkt. Ihre gesamte Haltung drückte Trotz und Abwehr aus.

»Sie können einen Rechtsanwalt hinzuziehen«, sagte der Kommissar. Kurz zuvor hatte er Stolte zur Fähre gebracht, wo der Alte zwei angereisten Norddeicher Kollegen übergeben worden war. Der selbsternannte Häuptling sollte auf dem Festland so bald wie möglich einem Haftrichter vorgeführt werden.

»Ich brauche keinen Paragrafenhengst, ich habe nichts Schlimmes getan!«, behauptete Paula Koppel. »Die Sache mit dem Schmuck war doch läppisch.«

»Ja, aber der Mord an Lotta Dolke war es nicht«, gab Antje scharf zurück. »Wir haben mit Ihrem Komplizen Sievers gesprochen. Er ist geständig.«

Mit dieser Information hatte Paula Koppel offenbar nicht gerechnet, wie ihr Gesichtsausdruck bewies.

»So ein verfluchter Trottel!«, schimpfte sie. »Er hat behauptet, dass er nach Holland abdampfen wollte!«

»Das hat er auch getan, aber er ist zurückgekehrt«, erklärte Roland. »Hat Sievers womöglich gar nicht gewusst, dass an Bord der *Daphne Gooi* ein Mord stattgefunden hat?«

Auf diese Frage erwiderte die Verdächtige nichts. Sie ließ ihr Kinn auf die Brust sinken, starrte stumpf vor sich hin. Roland wollte schon nachhaken, aber Antje stoppte ihn mit einer Handbewegung. Nach einer Weile begann Paula Koppel von selbst zu reden: »Dieses Luder hatte es doch nicht besser verdient!«

»Wieso glauben Sie das?«

»Weil Lotta sich an Olaf herangemacht hat, Frau Fedder! Dabei war es doch offensichtlich, dass er sich für mich interessiert.«

»Sie hatten Gefühle für diesen Mann?«, hakte Antje nach.

»Die habe ich auch immer noch. Und kommen Sie mir bloß nicht mit der alten Leier, dass Olaf zu alt für mich wäre. Ich brauche keinen Milchbubi an meiner Seite, keinen Gernegroß. Ich will einen Mann, der wirklich etwas darstellt im Leben.«

»Einen ostfriesischen Häuptling beispielsweise«, sagte Roland spöttisch. Paula warf ihm einen giftigen Blick zu.

»Sie können sich ruhig über Olaf lustig machen, Herr Witte! Die Zeit wird schon beweisen, dass Bant zurückkehrt!«

Antje begriff allmählich, worum es wirklich ging. Sie sagte: »Sie haben die Geschichte von der untergegangenen Insel gar nicht angezweifelt, sondern nur uns gegenüber so getan. In Wirklichkeit sind Sie nach wie vor davon überzeugt. Und Sie wollten die Frau an Stoltes Seite sein.«

»Ist das so schwer zu verstehen?«, fragte die Mordverdächtige. »Ich war frustriert und gedemütigt, weil Olaf nur noch Augen für Lotta hatte. Aus dem Grund habe ich seine Kette geklaut und auf dem Friedhof vergraben wollen. Und ich beschloss, dass ich Lotta beseitigen musste.«

»Erzählen Sie von dem Strandfest«, forderte Antje.

»Ich hatte mir von Sievers zuvor ein starkes Schlafmittel besorgt. An dem Abend nahm ich Lotta beiseite und tischte ihr ein Märchen auf. Ich behauptete, ihr Freund wollte sie auf einer Yacht treffen, weil er Sehnsucht nach ihr hätte.«

»Sie meinen Max Seiler, oder? Aber den kannten Sie doch gar nicht.«

»Nein, Frau Fedder. Das war aber gar nicht nötig. Lotta hatte mir zuvor einmal vorgeschwärmt, wie sehr er auf sie stehen würde. Also wäre ihm so eine romantische Aktion zuzutrauen, oder? Sie fiel jedenfalls darauf herein. Und sie trank auch brav den Cocktail, den ich ihr unterjubelte.«

»Und der vermutlich jede Menge Barbiturate enthielt«, mutmaßte Roland.

»Richtig kombiniert, Herr Witte«, gab die Täterin zurück. »Es klappte alles reibungslos. Sievers holte uns mit dem Schlauchboot ab, da war Lotta schon halb weggetreten.«

»Warum trug sie einen Bikini?«

»Ich hatte ihr eingeredet, dass ihr Freund nachts mit ihr schwimmen wollte. Über dem Badezeug hatte sie erst noch einen Rock und eine Bluse, die Sachen bin ich dann später losgeworden.«

»Was geschah an Bord der *Daphne Gooi*?«, wollte Antje wissen.

»Ich schickte Sievers unter einem Vorwand in die Kabine. Lotta war schon so k. o., dass ihr das Fehlen ihres Freundes zunächst gar nicht auffiel. Ich knotete ein Seil an ihr Fußgelenk, das ich mit einem Anker beschwert hatte. Da roch sie endlich Lunte. Doch bevor Lotta richtig reagieren konnte, hatte ich sie über Bord geworfen.«

»Was geschah eigentlich mit Lottas Siegelring?«, fragte Antje.

»Den habe ich ihr abgenommen«, lautete die Antwort. »Ich fand, dass sie kein Recht hatte, ihn zu tragen!«

»Wenn Sie einen ordentlichen Knoten gemacht hätten, wäre die Leiche vielleicht niemals gefunden worden«, stellte der Kommissar fest.

Paula Koppel setzte eine selbstzufriedene Miene auf.

»Es wird Sie vielleicht interessieren, dass Lotta in Wirklichkeit Stoltes Tochter war«, sagte Antje. »Er wusste davon und hegte allenfalls väterliche Gefühle für diese Frau. Sie haben also dem Mann, den Sie angeblich lieben, sein einziges Kind genommen.«

Die Mörderin riss die Augen auf, sie wirkte plötzlich panisch.

»Das stimmt nicht, das denken Sie sich gerade aus!«

»Im Strafprozess wird man Ihnen alle Fakten unterbreiten«, sagte Roland. »Und nun dürfen Sie sich in unserer Arrestzelle entspannen, bis wir Sie heute Nachmittag aufs Festland schaffen lassen.«

Er brachte Paula Koppel weg. Sie ließ sich widerstandslos abführen. Wenig später kehrte er zurück und nahm Antje in die Arme.

»Das wollten wir zwar während der Dienstzeit nicht tun, aber du schienst es gerade zu brauchen.«

»Ja, das stimmt«, gab sie zu und lehnte ihren Kopf an seine Schulter. »Diese Straftat kommt mir so brutal und sinnlos vor. Ist diese Frau noch ganz richtig im Kopf? Für mich klingt das nach krankhafter Eifersucht als Mordmotiv.«

»Damit sollen sich die psychiatrischen Gutachter vor Gericht befassen«, meinte der Kommissar. »Wenn heute die zweite Fähre des Tages ausläuft, haben wir jedenfalls keinen Mörder und keine Mörderin mehr auf der Insel.«

»Du hast recht, das ist ein schöner Gedanke«, erwiderte Antje lächelnd.

ENDE

Ostfrieslandkrimi-Empfehlungen des Klarant Verlages

Lernen Sie auch die anderen Bücher der Ostfrieslandkrimi-Serie »**Witte und Fedder ermitteln**« von **Sina Jorritsma** kennen:

Die Kommissarin Antje Fedder ist ein waschechtes Juister Inselkind. Sie kennt ihr Heimat-Eiland wie ihre Westentasche. Als zurückhaltende Norddeutsche hat sie manchmal Probleme mit der charmanten und unbeschwerten Art ihres Kollegen Roland Witte, der heimlich in sie verliebt ist. Oder vielleicht doch nicht? Diese Frage muss zunächst unbeantwortet bleiben, denn die beiden Polizisten lösen auf der kleinen Insel auch die kniffligsten Krimirätsel. Auch Antjes Vater Tjark Fedder steht ihnen mit Rat und Tat zur Seite, denn der Gastwirt schnappt viele Informationen auf. Nur die übereifrige Bürgermeisterin Silke Meester erschwert den Ermittlern oft die Arbeit.

In der Serie sind bereits folgende Ostfrieslandkrimis erschienen:

»Juister Herzen«, Band 1
Taschenbuch-ISBN: 978-3-95573-911-9
eBook-ISBN: 978-3-95573-912-6

Ein mysteriöser Todesfall versetzt die ostfriesische Insel Juist in Aufruhr. Im Bett einer Ferienwohnung liegt die Leiche einer jungen Frau. Doch weder sind äußere Verletzungen erkennbar, noch wohnte Diana Schröder in der Unterkunft, in der sie allem Anschein nach starb. Die Inselkommissare Antje Fedder und Roland Witte nehmen die Ermittlungen auf, und schnell finden sie heraus: Die Ferienwohnung wird von einer Selbsthilfegruppe gemietet, deren Mitglieder ihre große Liebe verloren haben. Juister Herzen nennt sich die Veranstaltung auf der idyllischen Nordseeinsel, die helfen soll, verletzte Seelen wieder zu heilen. Aber wie kam Diana überhaupt in dieses Bett? Und weshalb trug sie eine Pistole bei sich? Ins Visier der Ermittlungen gerät Clemens Vogt, der Leiter der Selbsthilfegruppe. Die Inselkommissare bezweifeln seine guten Absichten und stoßen schließlich doch auf eine überraschende Verbindung zwischen den Juister Herzen und der Toten ...

»Juister Düfte«, Band 2
Taschenbuch-ISBN: 978-3-95573-957-7
eBook-ISBN: 978-3-95573-958-4

»Juister Reiter«, Band 3
Taschenbuch-ISBN: 978-3-96586-027-8
eBook-ISBN: 978-3-96586-028-5

»Juister Taucher«, Band 4
Taschenbuch-ISBN: 978-3-96586-088-9
eBook-ISBN: 978-3-96586-089-6

»Juister Düne«, Band 5
Taschenbuch-ISBN: 978-3-96586-126-8
eBook-ISBN: 978-3-96586-127-5

»Juister Hochzeit«, Band 6
Taschenbuch-ISBN: 978-3-96586-176-3
eBook-ISBN: 978-3-96586-177-0

»Juister Lüge«, Band 7
Taschenbuch-ISBN: 978-3-96586-217-3
eBook-ISBN: 978-3-96586-218-0

Klarant Verlag

Lernen Sie die Ostfrieslandkrimi-Titel des Klarant Verlages kennen und besuchen Sie uns im Internet unter:

www.ostfrieslandkrimi.de

und

www.klarant.de

Sie können dort Näheres über unsere Autoren erfahren, viele weitere interessante Bücher und eBooks finden und Leseproben herunterladen. Mit dem kostenlosen Newsletter auf

www.ostfrieslandkrimi-lesen.de

erhalten Sie aktuelle Informationen rund um das Verlagsprogramm, wie beispielsweise spannende Neuerscheinungen und Gewinnspiele.